ÇA VA NOUS FAIRE DES **VACANCES** !

DU MÊME AUTEUR
AU CHERCHE MIDI

Carnets d'un sale gosse, 2017
Filets de Macron (et autres pommes à l'huile), 2018
Macron des sources, 2019
Mascarade !, 2020

LAURENT

GERRA

ÇA VA NOUS FAIRE DES **VACANCES !**

Avec
Jérôme de Verdière, Pascal Fioretto
et Stéphane Rose

le cherche midi

Ouvrage publié sous la direction de Jean-Louis Festjens.

Vous pouvez consulter notre catalogue général
et l'annonce de nos prochaines parutions sur notre site :
www.cherche-midi.com

92, avenue de France,
75013 Paris

Mis en pages par Nord Compo
ISBN : 978-2-7491-6857-9
Dépôt légal : juin 2021

PRÉFACE

OUI, ÇA VA NOUS FAIRE DES VACANCES...

Nous sommes à la fin du mois d'août 2020. Laurent appelle ses auteurs. Au bout du fil (qui n'existe plus, je vous rassure, nous avons beau être légèrement vieille école, les ondes du téléphone portable sont parvenues jusqu'à nous), au bout du fil, donc, une voix qui nous est connue mais pas encore familière car nous ne sommes pas nés à Prades. C'est Jean Castex qui nous parle : « En responsabilité... en responsabilité... je le tiens... je le tiens ! » Laurent nous informe qu'il vient d'accoucher d'une nouvelle voix après avoir entendu quelques secondes à la radio le nouveau Premier ministre fraîchement nommé (les mises bas, chez notre patron, sont toujours rapides, sans douleur, sans même passer par la péridurale). Quelques jours avant de débuter cette nouvelle saison sur RTL, Jean Castex rejoint notre galerie de personnages... On va bien s'amuser !

Nous autres, les auteurs, dont les vacances prennent alors fin, avons envie de chanter en chœur : « Merci patron ! » Et, il faut bien le dire aussi : « Merci Macron ! » Nous ne sommes pas certains que le président de la République, en nommant Jean de la Lune à Matignon, ait fait un cadeau à la France, mais aux humoristes, ça ne fait aucun doute. Le voir, quelques mois plus tard, chercher ses lunettes alors qu'elles sont sur son nez confirme notre impression : ce type possède une puissance comique hors norme. Laurent n'a plus qu'à se servir.

Ah ! Les conférences de presse du jeudi où, pendant que Jeannot demande à papi et mamie de manger la bûche dans la cuisine, son ministre sinoque de la Santé exige des Français qu'ils se confinent dehors tout en restant à la maison ! Un grand moment de burlesque ! Et cette question que pourrait se poser Pascal Praud au 3210 : le variant anglais est-il moins dangereux que le Véran français ?

Beaucoup nous ont demandé si on n'en avait pas marre de parler du Covid (vous noterez l'exploit, j'ai réussi à tenir jusqu'ici sans avoir à écrire le mot) ? La réponse est oui.

Mais quand la lassitude nous étreignait, le monde d'avant nous faisait des piqûres, non pas de vaccins (c'est comme ses lunettes, Castex les cherche encore), mais de rappel : on ne se sépare pas comme ça – et c'est tant mieux – des virus Mélenchon, Marine, Sarkozy, Hollande, Bayrou… Si un jour, on m'avait dit que l'annonce d'une candidature de Xavier Bertrand à la présidentielle allait nous distraire ! Rendons grâce aussi aux écolos zinzins, qui viennent toujours à notre secours lorsqu'on est en panne d'inspiration !

Et puis, il y avait Benjamin Castaldi, sa mamie cocue et sa perche à selfie. J'ai le souvenir d'un fou rire mémorable avec Laurent dans notre bureau, je crois qu'il résonne encore dans les couloirs de RTL…

Alors oui, ne plus scruter les courbes de l'épidémie et celles de Castaldi (s'il grossit, il ne touchera pas les 200 000 boules de son partenaire minceur), ça va nous faire des vacances… Mais je vous l'avoue : je nous les souhaite courtes car nos éclats de rire avec Laurent vont me manquer. À vous aussi, j'en suis sûr. Pour patienter, voici ce petit recueil. Bonne lecture et, surtout, amusez-vous bien !

Jérôme de Verdière

SEPTEMBRE

Le retour des Sinoks

Les experts du Covid

Les mairies écolo

Les élections américaines

Les conseils du professeur Raoult

Les communiqués du ministère
de la Santé

LES SINOKS REVIENNENT !

Jade : Les annonces incohérentes et contradictoires du gouvernement concernant l'épidémie de Covid ne sont pas sans évoquer notre série expérimentale : *Les Sinoks*. L'épisode du jour, raconté bien sûr par l'inoubliable Claude Piéplu, s'intitule : « Quand on ne sait pas quoi faire, autant le faire tout de suite. »

Piéplu : En ce temps-là, sur la planète des Sinoks, la deuxième vague de l'épidémie était arrivée et les ministres du gouvernement des Sinoks déclarèrent que tant qu'il n'y aurait pas de problème, il n'y aurait pas de solution. Ils inventèrent donc les cas contacts.
Pour être « cas contact », un Sinok devait avoir partagé le même lieu qu'un cas confirmé ou qu'un cas probable. Et aussitôt tous les Sinoks se demandèrent ce qu'était un « cas probable » ? Autrement dit, un cas contact dînant au restaurant avec un cas probable, sortirait-il de l'établissement plutôt cas probable ou plutôt cas confirmé ? Et serait-il plus contagieux que s'ils avaient dîné ensemble à la maison ?
En pleine rentrée des classes, le Sinok de l'Éducation nationale décréta qu'on fermerait les classes au premier cas contact. Mais il se ravisa et déclara que ce serait plutôt au bout du troisième. Quant aux cas probables et aux cas confirmés, on les mettrait au piquet pendant quatorze jours… À moins que ce ne soit plutôt sept.
Pendant ce temps, les Sinoks se testaient.
Car comme dit le proverbe Sinok : « Il vaut mieux se tester, même s'il ne se passe rien, que de risquer qu'il se passe quelque chose en ne se testant pas. »
Et les queues dans les laboratoires s'allongeaient, s'allongeaient et s'allongeaient encore.
À la télévision, le Sinok de la Santé multipliait les nuances de rouges, inventant des zones grenat, des zones vermillon, des zones écarlates et même des zones tomates concassées. De sorte que, si l'on n'était pas certain qu'il fût un bon médecin, du moins savait-on qu'il pourrait toujours se recycler chez Dulux Valentine.

Moralité : Tout avantage a ses inconvénients et plus ça rate, plus on a de chances que ça marche.
C'est tout pour aujourd'hui !

Gérard Depardieu et José Bové

MALBOUFFE

Jade : Afin de limiter l'obésité infantile, l'UFC Que Choisir et six associations de parents d'élèves demandent au gouvernement d'interdire les publicités pour la malbouffe. José Bové et Gérard Depardieu sont avec nous pour en parler. Bonjour messieurs.

Depardieu : Fumiers !
Jade : Qui ça, l'UFC Que Choisir ?
Depardieu : Mais non, les industriels qui filent des saloperies à bouffer à nos gosses ! Faudrait les mettre en taule, nom de Dieu !
Jade : Vous y allez fort…
Bové : Non il a raison, et j'en sais quelque chose, le terme « malbouffe », c'est moi qui l'ai inventé… Les gosses d'aujourd'hui, ils sont sous perfusion de sucre. Et le sucre, c'est comme une drogue… Plus t'en avales, plus t'en veux… Donc les industriels de la malbouffe, c'est des dealers, et j'ai pas peur de le dire !
Depardieu : T'as raison mon José, tiens, remets-nous un coup de juliénas, on taraude à sec. Hop, hop, hop ! pas plus haut que le bord !
Jade : Pardon messieurs, mais si le sucre est une drogue, le vin aussi…
Depardieu : Mais qu'est-ce qu'elle raconte ?
Bové : C'est vrai mademoiselle Jade, vous pouvez pas comparer une bouteille de juliénas à un paquet de fraises Tagada, ce serait un peu comme comparer un Roquefort à un fromage au lait de soja, ou Grégory Doucet à un maire compétent !
Depardieu : Ou Camélia Jordana à une chanteuse ! Et puis le vin a inspiré les grands poètes… Si Apollinaire a écrit *Alcools* et pas *Fraises Tagada*, c'est pas pour rien ! Tiens, ressers-nous mon José, nos verres sont vides. Et ajoute quelques rondelles de sauciflard, tant que tu y es !
Jade : Alors, justement, l'UFC Que Choisir pointe aussi du doigt les aliments trop gras…
Depardieu : Oui ! ben, l'UFC Que Choisir, ils nous font chier !
Jade : Vous disiez l'inverse au début de cette interview…
Depardieu : Ben j'ai changé d'avis !

Les Deschiens

QUI N'EN VEUT DES EXPERTS ?

Jade : À la faveur de la seconde vague de l'épidémie de Covid, les plateaux de télévision se peuplent à nouveau d'éminents spécialistes scientifiques. Une tendance qui n'a pas échappé à nos amis les Deschiens.

Morel : 3615 code empoi, pour les ceusses qui veulent un empoi et aujourd'hui, je reçois un ceusse qui n'en veut : notre ami Bruno Lochet. Bonjour Bruno.

Lochet : Ben, bonjour à tous et pis bonjour à toutes, hein. Moi, c'est Bruno Lochet. Bruno, comme un Bruno et pis Lochet comme un Lochet.

Morel : Voilà hein, et donc toi, mon Bruno, qu'est-ce que tu cherches comme empoi ? Hein, si c'est pas indissscret...

Lochet : Ben non, au contraire. Moi, c'que j'voudrais, c'est passer à la télé.

Morel : Oh, oh ! Je comprends. Tu veux de la notioré... notrério... notro... rhaaa...

Lochet : De la notroriété !

Morel : C'est ça, de la notroriété, de la vilisibilité en quelque sorte... tu veux être comme qui dirait connu, hein ? C'est ça qu'tu cherches, mon Bruno ?

Lochet : Ben ouais, j'voudrais passer sur BFM, sur CNews, sur France Info, et pis chez Calvi aussi, sur Canal, si c'est possibbe...

Morel : Ho, ho ! D'accord, mais attention, mon Bruno, je préfère te le dire : il n'est pas commode !

Lochet : Je sais mais j'aime bien ses chemises.

Morel : Bon d'accord, hein, c'est toi qui vois mais pour moi, ça s'précise dans ma tête : comme empoi, tu veux être polémisse !

Lochet : Ben ouais, c'est ça, qu'on s'engueule et pis qu'après les gens y me reconnaissent quand je vais au Leclerc, chez moi, dans la Sarthe.

Morel : D'accord, bon, alors voilà une demande d'empoi qui est claire, mon Bruno. Mais d'abord tu dois nous dire qu'elle est ta spécialité ? Es-tu « infectiologue » ?

Lochet : Euh, non... j'crois pas.

Morel : Es-tu « virologue » ?

Lochet : Euh, non plus.

Morel : D'accord, donc tu es « sociologue » ?

Lochet : Non plus…

Morel : Attends, attends, Bruno : tu es en train de me dire que tu veux faire de la télé et t'engueuler avec tes confrères et que tu n'es ni virologue, ni infectiologue, ni sociologue. J'espère au moins que tu es urgentologue ou psychologue !

Lochet : Ben, non, mais à la maison, j'ai un catalogue. C'est ma femme, qui l'reçoit d'La Redoute.

Morel : Bon, très bien, alors si vous cherchez un type qui veut bien s'engueuler mais qui n'a aucun diplôme pour le faire, vous tapotez 3615 code POLÉMISSE.

FLASH INFO

COMMUNIQUÉ DU MINISTÈRE DE LA SANTÉ

LES GESTES BARRIÈRES AU RESTAURANT

Olivier Véran : Quelques précisions en ce qui concerne les gestes barrières. Au restaurant, le masque devra impérativement être porté entre chaque bouchée. Le même masque pourra être utilisé dans les menus entrée-plat-dessert mais il faudra deux masques dans les menus en cinq services, et un masque tous les trois plats dans les menus en sept services + mignardises.

De plus, en cette période d'épidémies diverses, en accord avec le conseil scientifique, nous demandons aux personnes enrhumées de porter un masque vert clair ou jaune, aux personnes souffrant de gastro-entérite : un masque marron et aux personnes intolérantes au gluten : un masque framboise écrasée.

Guy Lux et Léon Zitrone

« INTERVILLES » SPÉCIAL ÉCOLOS

Jade : Depuis le raz-de-marée d'Europe Écologie-Les Verts aux élections municipales, Grégory Doucet, le maire de Lyon, et Pierre Hurmic, le maire de Bordeaux, rivalisent de mesures ingénieuses pour leur ville. Voyons comment Guy Lux, Léon Zitrone et Simone Garnier les auraient commentées dans leur célèbre émission : Intervilles.

Guy Lux : Eh bien ! bonsoir ! Eh, eh ! Et bienvenue dans la première édition d'Intervilles Vertes, qui met en compétition deux villes écolos avec ce soir la ville de Lyon, menée par Grégory Doucet, et la ville de Bordeaux, menée par Pierre Hurmic… J'aperçois mon ami Léon Zitrone qui s'agite par transmission câblo-satellitaire en mondovision SVP 11 11… Que se passe-t-il Léon, je vous, vois vous trémousser ?

Zitrone : Guy ! Guy ! Excusez-moi de vous interrompre, mais Grégory Doucet a une réclamation à faire et souhaite que nous ne parlions pas de la ville de Lyon, mais de la ville de Lyon·ne, située à la confluence de la Rhône et du Saône !

Guy Lux : Eh, eh ! le con ! Si ça lui fait plaisir, moi ça m'en touche une sans faire bouger l'autre… Allez ! c'est parti pour la première épreuve, l'épreuve de la course de poubelles… Alors Simone Garnier qui est toute en beauté ce soir… D'ailleurs on remercie le salon Denise coiffure qui s'est occupé du brushing et Batimat qui s'est occupé du maquillage… Quelles sont les règles du jeu, Simone ?

Jade : Eh bien ! c'est simple, de nombreux déchets ont été disposés sur la place Antoine-Waechter, qui remplace désormais la halle Paul-Bocuse, rasée la semaine dernière. Et donc, la règle du jeu : la poubelle jaune conduite par Pierre Hurmic doit récupérer les emballages plastiques, tandis que la poubelle verte conduite par Grégory Doucet doit récupérer les bocaux et bouteilles

vides... le tout en évitant les trottinettes.

Guy Lux : Eh bien ! tout est prêt, je vais donner le coup d'envoi ! Attention, top à la trottinette ! Et que le meilleur gagne ! Alors, Léon, comment ça se présente ?

Zitrone : Eh bien ! mon cher Guy, Pierre Hurmic a pris d'emblée un net avantage, puisqu'il est en train de ramasser toutes ses bouteilles, pendant que... Oh ! Guy ! Guy ! Grégory Doucet a percuté la poubelle de Pierre Hurmic en voulant éviter une trottinette électrique ! Il est allongé par terre et peine à se relever... Grégory Doucet se noie littéralement sous les déchets de Pierre Hurmic et déclare forfait !

Guy Lux : En même temps, Léon, quand on s'appelle Grégory, mieux vaut se noyer sous les déchets que dans la Vologne. Hé, hé ! c'est con ! Bon alors, ça nous fait 1 point pour Pierre Hurmic et 0 pour Grégory Doucet, mais il va pouvoir rattraper son retard avec la deuxième épreuve : l'épreuve du sapin de Noël.

Jade : Non, elle a été annulée Guy ! Le maire de Bordeaux a interdit le bois mort dans sa ville.

Guy Lux : Hé, hé ! le con, il a interdit le bois ! J'espère qu'il va pas interdire la gueule de bois, parce qu'on va devoir beaucoup picoler pour faire passer les conneries qu'il invente... Alors enchaînons avec l'épreuve de la course à la porcelaine. Je vous rappelle les règles : les Bordelais ont bu du bordeaux bio et les Lyonnais du beaujolais bio et les deux équipes doivent arriver le plus vite possible aux toilettes sèches...

Jade : Oui Guy, c'est très simple, le premier qui arrive a gagné dix sacs.

Guy Lux : Dix sacs, c'est pas si mal.

Simone : Dix sacs de sciure, Guy.

Guy Lux : Mais... Attendez Simone, qu'est-ce qu'il se passe, je vois Léon Zitrone qui fait des moulinets avec ses bras... ça va Léon ?

Zitrone : Guy ! Guy ! J'étais en train de manger un jambon beurre, et le maire de Lyon m'a cassé mes lunettes !

Guy Lux : Eh ben ! quel merdier ! Et dire que ça va être comme ça pendant six ans... Oui, Gennaro, à SVP, un score qu'on en finisse ?

Gennaro : Les deux villes sont ex aequo dans la connerie !

Lux : Bon, allez ! j'en ai assez vu : à vous Cognacq-Jay !

Didier Raoult

EN DIRECT DE LA CANEBIÈRE

Jade : Les mesures sanitaires strictes imposées à la région de Marseille ont suscité localement de nombreuses réactions. Prenons la température sur la Canebière avec le sosie marseillais de Patrick Sébastien : le professeur Didier Raoult.

Raoult : Adiooou ! Bonjour à tous les Marseillais et bonjour à toutes les Marseillaises que les fadas de la capitale ils veulent nous esquicher chez nous comme des sardines !

Jade : Dois-je comprendre que face aux précautions prises à Marseille, vous êtes plutôt critique ?

Raoult : Poil à la clinique ! Tu sais, sous la blouse blanche couverte de médailles et de prix internationaux du professeur à cheveux gras, y a un cœur de Phocéen qui bat. Alors quand je vois ces Parisiens pleins de gestes avé leurs yeux de merlans frits, qui veulent nous empêcher de travailler, ça m'escagasse et ça me donne envie d'aller parler à la télé.

Jade : Ce sont surtout les restaurateurs et les cafetiers qui sont concernés, professeur Raoult, je ne pense pas qu'on veuille vous empêcher de poursuivre vos travaux.

Raoult : Poil au labo ! Tu sais, en tant que scientifique qui a déjà déposé 450 000 brevets dans le monde entier, je peux te dire que le ministre Véran, avé ses yeux de gobi bordés d'anchois, il essaie de nous emboucaner à tous avé son Covid de l'automne !

Jade : Ah bon ? Vous maintenez vos déclarations, selon lesquelles le virus aurait muté depuis le printemps dernier et serait moins virulent ?

Raoult : Poil au soignant ! Eh bien sûr ! con ! Le nouveau Covid de la rentrée, il fait moins le cacou depuis qu'il a entendu parler de ma chloroquine ! Il est devenu tout pitchoun, tout ensuqué, le virus, c'est pour ça que les Marseillais, il faut les laisser s'embrasser comme ils veulent et les laisser boire le pastis comme ils l'entendent. (*Il scande le slogan.*) Paris, Paris, on t'en…

Jade : Non, non, non, professeur Raoult !

Raoult : Attends, attends, tu vas voir (*il reprend*) : « Paris, Paris, on t'enrhume ! » Oh ! putain ! j't'ai bien eue, pas vrai ? C'est que d'la grippe !

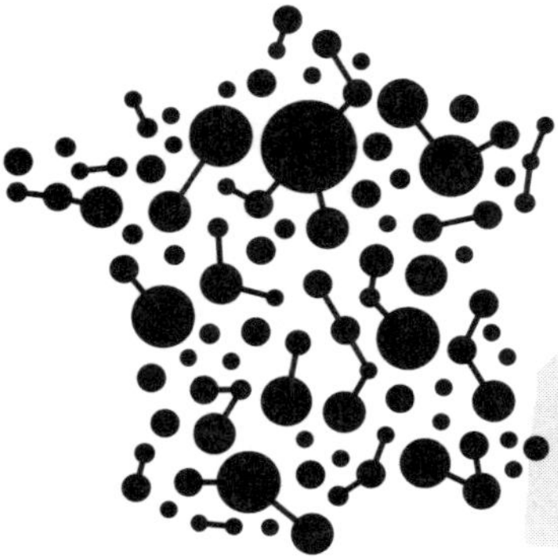

Jean-Pierre Pernaut

LA FRANCE CONNECTÉE

Jade : Jean-Pierre Pernaut a annoncé qu'il arrêterait la présentation du journal de 13 heures à la fin de l'année. Bonjour Jean-Pierre…

Pernaut : Eh oui ! ma petite Jade, comme dit le célèbre proverbe du Gâtinais glaireux : « Quand la vache a vêlé, le taureau peut se retirer. » Ma mission de vous faire découvrir les nombreuses merveilles de nos régions, ces régions qu'on aime tant, est terminée… en tout cas à la télévision.

Jade : En effet, vous avez aussi annoncé qu'on vous retrouverait désormais sur, je vous cite, le numérique.

Pernaut : Eh oui ! je compte bien faire vivre nos régions dans l'ère numérique ! Car contrairement à ce que croient certains Parisiens prétentieux, nos terroirs sont aussi à la pointe de la technologie. À moi de vous le faire découvrir.

Jade : Allons-y, Jean-Pierre, allons-y !

Pernaut : Eh bien ! partons d'abord à Chapelle-en-Pécévé où Bernard Faisselle, le crémier du village, a dû fermer boutique, attaqué qu'il était par les produits laitiers chinois et coréens.

Jade : C'est triste…

Pernaut : Mais non, ma petite Jade, car Bernard Faisselle a décidé de contre-attaquer la Chine et la Corée du Sud en concurrençant Huawei et Samsung sur le secteur de la téléphonie. Bernard Faisselle a eu l'idée géniale de relier entre eux les deux pots de yaourt qui lui restaient sur les bras par un fil fourni par madame Mercier, la couturière de Chapelle-en-Pécévé, elle aussi sans emploi et qui a donc trouvé une reconversion parfaite. Les pots de yaourts reliés par un fil, voilà bien un exemple du génie de nos belles régions !

Jade : Si on veut… Merci Jean-Pierre.

Pernaut : Attendez, ma petite Jade ! Notre tour du génie technologique de nos terroirs ne serait pas complet sans aller à la Fistinière, où Jacky Chiasson, le maire du village LREM apparenté Bill Gates, a mis en place l'application Snap Chatte qui prouve que les Fistiniennes sont très très ouvertes…

Jade : C'est bon, on a compris, merci Jean-Pierre !

Rambo

MAD DONALD CONTRE SLEEPY JOE

Jade : À moins de six semaines de l'élection américaine, la tension monte entre le camp de Donald Trump et celui de Joe Biden. Faisons le point avec notre spécialiste des USA, bonjour John Rambo.

Rambo : Y a pas d'point à faire. Dans un mois, Mad Donald va écrabouiller le vieux Sleepy Joe, et c'est tout. Ça t'va comme analyse ?

Jade : Heu… reprenons calmement, John Rambo. « Mad Donald », c'est Donald Trump, je présume. Et « Sleepy Joe », c'est Joe Biden, c'est ça ? Vous pensez vraiment que l'élection est déjà jouée ?

Rambo : Ha ! ha ! ahaaarrrgh… putain, me fais pas marrer, petite grenouille, j'me suis fait remonter les bourses… Donald va gagner parce qu'il peut pas perdre, c'est tout.

Jade : Comment ça, il ne peut pas perdre ?

Rambo : À cause de Poutine. Vladimir, il veut faire gagner Donald, parce que Donald il emmerde les Chinois et pendant que Donald il s'occupe des Chinetoques, Vlad, il est tranquille pour s'occuper de ses opposants.

Jade : On a vu ce qui est arrivé à Alexeï Navalny, l'opposant de Vladimir Poutine, empoisonné au Novitchok, un puissant neurotoxique.

Rambo : Me parle pas de ce putain de Novitchok… Tu sais pas c'que tu dis…

Jade : Je sens que vous avez un traumatisme à nous confier. Allez-y, John Rambo. Ça vous soulagera…

Rambo : Donald, veut qu'on donne du Novitchok à Joe Biden, comme ça Sleepy Joe il sera encore plus dans le coma que maintenant, alors il m'a envoyé en Russie pour en acheter, du Novitchok. Alors moi, je suis allé à Moscou, à la pharmacie du Kremlin j'ai pris un litre de Novitchok et un litre de vodka pour rapporter comme souvenir à mon pote Bobby.

Quand je suis rentré aux US, mon pote Bobby il m'avait organisé un petit dîner en tête à tête, avec des chandelles, des blinis, du caviar, des violonistes russes et on a ouvert la vodka… Mais moi, j'me suis trompé d'bouteille… Alors Bobby, il a bu cul sec un verre de Novitchok. Il s'est mis à faire des sauts, comme s'il avait sauté sur une mine à Kandahar. Et puis après, Bobby, il hurle à la mort et puis y rend tout son caviar et son saumon sur ma robe de chambre. J'ai des bouts de chair partout ! J'essaie de lui remettre tout dedans mais j'y arrive pas ! J'ai des bouts de saumon de mon ami partout sur moi ! Je peux pas m'enlever ça de la tête, colonel Jade.

Jade : Je comprends, John Rambo… Et la bouteille de vodka, qu'est-ce qu'elle est devenue ?

Rambo : C'est Donald qui l'a descendue avant de déclarer la guerre à la Chine.

Hubert Reeves

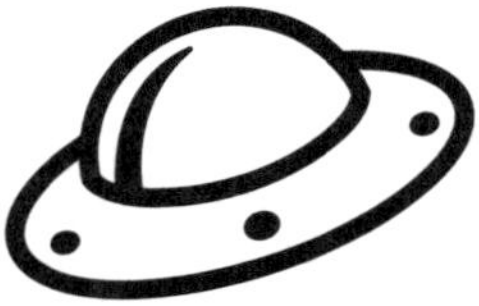

L'INVASION DES PETITS HOMMES VERTS

Jade : Des traces de vie auraient été détectées près de Vénus. Pour en parler, nous recevons notre plus grand vulgarisateur scientifique Hubert Reeves. Vous y croyez, vous, Hubert Reeves, à ces informations stupéfiantes ?

Reeves : Vous savez, en tant qu'astrophysicien spécialiste du cosmos intergalactique, j'en ai déjà entendu des balivernes sur la vie extraterrestre, mais j'suis obligé d'vous dire que le problème urgent qui s'pose, c'est pas celui-là, pour nous autres Terriens.

Jade : Ah bon ! et quel est-il, alors, ce problème urgent ?

Reeves : L'humanité tout entière doit faire face à une autre invasion bien plus terrible que celle des Vénusiens : c'est l'invasion des Petits Hommes Verts qui ont atterri dans nos mairies. Ils viennent d'une aut'planète. Ils s'expriment dans une langue cryptée comme Aya Nakamura, ça s'appelle l'écriture inclusive ; ils disent qu'ils veulent sauver not'Terre mais en fait ils veulent la r'peindre en vert. Comme disait mon ami David Vincent, le cauchemar a déjà commencé !

FLASH INFO

COMMUNIQUÉ DU MINISTÈRE DE LA SANTÉ

LES GESTES BARRIÈRES AU RESTAURANT

Olivier Véran : Au restaurant, petite précision pour les gens qui prennent un fromage : si malgré le masque vous sentez l'haleine de Roquefort de votre partenaire, c'est que vous êtes trop près, vous devez alors reculer votre siège de 25 centimètres.
Si c'est une haleine de Munster, vous devez le reculer de 32 centimètres, et si c'est une haleine de Maroilles, de 47 centimètres. Merci.

OCTOBRE

Les idées de Jean-Marie Bigard

Les mesures de Jean Castex

Fabrice Luchini qui fait du buzz sur Insta

L'encyclique du pape François

Sans oublier les communiqués du ministère de la Santé

STÉPHANE BERN SE REBIFFE !

Bern : Zut ! flûte et crotte de bique ! On me moque, on me rudoie, on me houspille ! J'en ai ras la frisette !

Jade : Qu'est-ce qui vous arrive Stéphane ?

Bern : Je subis la vindicte populaire ! On me critique sur ma proximité avec notre bon roi Emmanuel et notre belle reine Brigitte. Je serais, dit-on, le favori de la cour ! C'est faux : mensonges et billevesées !

Jade : D'autant que votre mission sur le patrimoine est une mission bénévole.

Bern : Parfaitement ! Je ne gagne pas un écu avec cette mission... Bon, c'est vrai que parfois, pour me remercier, notre bon roi Emmanuel me fait l'honneur de m'inviter à dîner. Mais peut-on considérer cela comme un salaire ?

Jade : Bien sûr que non... Et la table est bonne à l'Élysée ?

Bern : Avec le soin que je mets à la dresser, j'espère bien !

Jade : Attendez, vous n'êtes pas l'un des convives ?

Bern : Que nenni ! Notre bon roi me fait le privilège de le servir. Je mets le couvert et je débarrasse avant de faire un brin de ménage et de cirer les escarpins de madame. Mais rassurez-vous, son Altesse sait être généreuse. Parfois, j'ai droit à quelques restes. On me jette une cuisse de poulet ou un bout de fromage que je ne sais quel ministre ou chef d'État a à peine grignoté. Dieu que messire est bon avec moi !

Jade : Pourtant, la semaine dernière, vous avez dit dans la presse qu'il vous arrivait d'être ferme et sans concession avec Emmanuel Macron.

Bern : Bien sûr ! L'autre jour, tandis que Sa Seigneurie utilisait mes dents pour gratter un des tickets de mon loto du patrimoine, afin qu'il ne se salisse pas les ongles, je me suis fâché tout rouge ! Je lui ai dit, les yeux dans les yeux : « Je ne suis pas votre vassal, Votre Altesse ! » Et toc !

Jade : Et alors ?

Bern : Alors il a abdiqué devant ma colère. Il m'a dit : « Mon bon Stéphane, demain j'organise une soirée cassoulet à l'Élysée, vous en serez l'élément principal. »

Jade : C'est-à-dire ?

Bern : Le fayot !

Jean-Marie Bigard

IL A UNE IDÉE POUR LES TESTS, LE GARS

Jade : Malgré les promesses du gouvernement, les tests de dépistage ne sont toujours pas accessibles facilement. Un problème de plus pour l'exécutif, en cette période d'épidémie galopante. Bonjour Jean-Marie Bigard.

Bigard : Galopante, galopante, ça m'rappelle la blague du gars qui a la courante. Une envie d'chier monumentale, le gars !

Jade : Une autre fois, Jean-Marie. Vous vouliez intervenir sur l'épineux problème des tests PCR ?

Bigard : Il faut qu'ils aillent tous se faire enculer avec leur test dans l'pif où le gars il attend cinq jours pour savoir s'il est malade ou pas ! Tout ça pour enrichir les labos, le gars !

Jade : Vous avez une meilleure solution, peut-être ?

Bigard : Ma solution, c'est qu'au lieu d'passer l'test, y mange un bon cassoulet, le gars. Un cassoulet monumental, avec plein d'haricots. Après, le gars y lâche une caisse et si y sent pas son pétou, le gars, c'est qu'il est malade. Ça lui prend deux minutes, et c'est gratuit !

Jade : Très bien, nous transmettrons votre idée au haut conseil scientifique.

Bigard : Et en plus y s' débouche le trou du cul sans creuser le trou de la sécu, le gars !

JEAN CASTEX EN RESPONSABILITÉ, EN RESPONSABILITÉ

Jade : Dans l'ombre de son prédécesseur, Jean Castex peine à s'imposer. En poste depuis trois mois à Matignon, la cote de popularité du Premier ministre ne décolle pas. Bonjour Jean Castex.

Castex : Bonjour mademoiselle Jade et bonjour à toutes les auditrices et tous les auditeurs de Radio Télévision Luxembourg, une station radiophonique que j'aime à écouter sur mon transistor Radiola, particulièrement *Les Grosses Têtes* de Philippe Bouvard mais aussi lorsque je suis au volant de ma Citroën DS, *Les routiers sont sympas* avec l'ineffable Max Ménier.

Jade : Ouh là ! Revenons plutôt à l'actualité et à votre cote de popularité qui est à la peine, tandis que celle de votre prédécesseur Édouard Philippe est au plus haut.

Castex : Chère madame, je suis en responsabilité… en responsabilité… avec une France enrhumée, une France qui tousse, et des dettes colossales, des milliards de nouveaux francs, vous conviendrez donc que j'ai d'autres chats à fouetter que de m'occuper des enquêtes d'opinion concernant mon prédécesseur, monsieur Couve de Murville.

Jade : Ah non ! mais Couve de Murville, c'était en 1969 ! Moi, je vous parle d'Édouard Philippe… Bon, passons… Parlons plutôt des critiques à votre égard. Un membre de la majorité explique, je cite, que vous « n'imprimez pas »…

Castex : Sachez, ma chère madame, que je suis tout à fait en mesure d'imprimer sur une machine Rank Xerox que j'ai faite venir tout spécialement du Connecticut… Car contrairement à la caricature que l'on fait de moi, je suis un homme moderne… Ainsi depuis hier, pour communiquer avec mes services, j'ai cessé d'utiliser le pneumatique et suis passé au télécopieur.

Jade : Oui, mais justement, le fait que vous ayez avoué ne pas avoir téléchargé l'application StopCovid ne vous a pas aidé…

Castex : Est-ce ma faute si l'application StopCovid n'était pas disponible sur mon Be-Bop Itinéris ? J'ai donc demandé un moratoire sur cette question…

Jade : Toujours dans la majorité, on explique, je cite toujours, que vous « ennuyez tout le monde et que vos discours sont interminables ».

Castex : En responsabilité… en responsabilité… je vous le dis… je vous le dis… mes discours… mes discours… ne sont pas interminables… ils ne… sont pas… interminables…

Jade : Peut-être que vous pourriez commencer par arrêter de tout répéter deux fois…

Castex : Je vous le promets… je vous le promets… En responsabilité… en responsabilité j'ai décidé… j'ai décidé de…

Jade : C'est bon, merci !

FLASH INFO

UN COMMUNIQUÉ DU MINISTÈRE DE LA SANTÉ

LES GESTES BARRIÈRES AU RESTAURANT

Olivier Véran : Apparemment, les mesures sanitaires en vigueur dans les restaurants n'ont pas été comprises par tout le monde, je les précise donc, en accord avec le haut conseil scientifique. À l'entrée du restaurant, un justificatif de domicile comme une facture EDF, un permis de conduire ou de chasse et un extrait de casier judiciaire vierge sera exigé. À table, la fourchette doit être posée à gauche de l'assiette et le gel à droite. Dans les zones concernées, le couteau passe donc à gauche, sauf s'il s'agit d'un couteau à poisson, qui devra être placé à la droite du gel et de l'assiette. Merci.

Jade : Merci à vous, monsieur le ministre, pour ces précisions. Et si l'on est gaucher ?

Olivier Véran : Pour les gauchers, des études sont en cours. Je reviendrai vers vous dès que nous en saurons plus.

Gérard Depardieu

« AILLEURS »

Depardieu : Bonjour !

Jade : Bonjour Gérard Depardieu… Vous avez le bonjour bien enthousiaste… D'habitude quand vous arrivez ici vous criez « Fumier ! ».

Depardieu : Oui mais là je suis en promo pour *Ailleurs*, mon nouveau bouquin. Et mon attachée de presse m'a dit qu'il fallait que je sois souriant et poli. Alors voilà, bonjour mademoiselle Jade, bonjour monsieur Calvi, et bonjour à tous les gens qui nous écoutent… sauf aux écolos, les fumiers !

Jade : Ah ! je me disais aussi ! Bon, alors justement, puisqu'on en parle : vous associez dans ce livre les écologistes à des « Hitler du bien ». C'est pas un peu excessif ?

Depardieu : Non, c'est pas excessif ! Les écolos, c'est des Hitler du bien, des Staline de la gentillesse, des Mussolini du bien-être, des Pol Pot de la positivité, des Ceausescu de la bienveillance… T'as compris ou faut que je développe ?

Jade : Non, je crois que je vois bien l'idée… Vous comparez également la France à « une vieille pleine d'arthrite »…

Depardieu : Ben quoi, j'ai pas raison ? Je suis né en 48, j'ai connu les Trente Glorieuses, là elle était belle, la France, c'était une belle pépée bien nichonnée, on avait envie de lui faire la cour et de réciter des alexandrins sous sa fenêtre… Maintenant on est dans les Trente Foireuses, et la France, c'est une grand-mère fatiguée avec des nichons en œufs au plat qui fait des mots croisés dans son EHPAD en attendant d'être emportée par le Covid. Ça fait pas rêver, nom de Dieu !

Jade : Ce qui nous ramène au titre de votre livre, *Ailleurs*. Vous avez voyagé aux quatre coins de la planète, est-ce que vous avez trouvé votre « ailleurs » quelque part ?

Depardieu : Non, et c'est tout mon problème. J'adore la Russie, la Corée, l'Algérie… Mais c'est quand même en France qu'on bouffe le mieux ! Alors tant que les écolos n'ont pas interdit le pâté de tête et le saint-nectaire : je reste en France. Et tant pis si elle me fait penser à un EHPAD. Tant que la cantine est bonne, ça me va !

Jade : Eh bien ! merci Gérard, et je précise que votre livre est édité au cherche midi.

Depardieu : À 14 heures !

Jade : Vous auriez pu l'éviter celle-là, Gérard…

Depardieu : Pourquoi ? Les écolos ont interdit l'humour aussi ? Fumiers !

François Lenglet

LE PARADOXE DU SIF

Jade : La crise sanitaire que nous traversons a eu pour effet de générer une accumulation d'épargne exceptionnelle. On en parle avec notre spécialiste économique, François Lenglet. Faut-il se réjouir ou se plaindre de toute cette épargne, François ?

Lenglet : Il y a du pour et il y a du contre. Le pour, c'est que quand on épargne, on ne dépense pas. Donc ça fait des économies. Mais le contre, c'est que quand on économise, ça fait des faillites donc des dettes donc au bout du compte : des dépenses. En résumé, plus on économise plus on dépense. C'est ce qu'on appelle le paradoxe du SIF.

Jade : Le SIF ? De quoi s'agit-il, François Lenglet ?

Lenglet : Le Syndrome inflationniste français. Alors que faire avec le SIF ? Il y a plusieurs écoles de pensée. Certains veulent élargir le SIF quoi qu'il en coûte, quitte à creuser le trou.

Mais d'autres recommandent de raser le SIF… Vous le voyez, les spécialistes ne sont pas d'accord.

FLASH INFO

UN COMMUNIQUÉ DU MINISTÈRE DE LA SANTÉ

LES GESTES BARRIÈRES AU RESTAURANT

Olivier Véran : En ce qui concerne la prise de température à l'entrée des restaurants, des études ont démontré que les thermomètres frontaux sans contact ne sont pas fiables. En conséquence, la température à l'entrée des restaurants devra désormais être prise avec un thermomètre anal qui ne devra être enlevé qu'une fois assis. Merci.

Fabrice Luchini

FAIT DU BUZZ SUR INSTA

Jade : Avec une vidéo qu'il a postée la semaine dernière sur son compte Instagram, Fabrice Luchini est devenu le défenseur des théâtres contre le couvre-feu. Bonjour Fabrice Luchini...

Luchini : Salut la Jade... Ça te la coupe, hein ? Tu te disais : « Luchini, c'est l'ancienne école, quand il veut s'exprimer, il accorde une interview au *Figaro* et papote pendant une heure au bar du Meurice avec un vieux journaliste en veste en velours côtelé qui fume la pipe... » Eh bien, non ! Je vis avec mon temps. Maintenant je fais du BUZZ SUR INSTA ! Comme une influenceuse !

Jade : C'est vrai...

Luchini : Mais bon, la différence entre une influenceuse et moi, c'est que mon buzz, je le fais pas en remuant mon boule sur du r'n'b dans un legging moulant : je le fais en imitant Louis Jouvet dans *Knock*. Y a quand même une petite nuance.

Jade : C'est sûr que c'est plus culturel... Mais parlons de votre vidéo : elle a tellement buzzé que toute la presse veut vous interviewer. En l'espace d'une semaine, vous êtes un peu devenu au théâtre ce que Philippe Etchebest est à la restauration...

Luchini : C'est vrai qu'on se bat tous les deux contre le couvre-feu, mais quand même pas dans le même registre. Lui, c'est un sanguin, tu sens qu'il faut pas trop lui marcher sur les pompes et qu'il est toujours à deux doigts de t'envoyer une mandale. Moi, c'est différent, tu me connais, j'ai toujours été nul en sport, alors je me contente de déclamer du beau texte.

Jade : Mais les mots sont des armes, Fabrice...

Luchini : « Les mots sont des armes ! » C'est ÉNORME ! On dirait du Grand Corps Malade ! Tu devrais lui proposer un duo, ça ferait un carton.

Jade : Vous êtes moqueur... Expliquez-nous plutôt ce que vous avez à dire au président de la République.

Luchini : J'ai envie de lui parler son langage. Alors Manu, si tu m'écoutes, un comédien qui joue, c'est comme un cadre en costume cravate qui commente des objectifs de vente sur un paperboard au 35e étage d'une tour de la Défense : c'est un type qui travaille et qui fait de l'oseille.

Jade : C'est pas faux, et vous en êtes une belle illustration…

Luchini : Absolument. Je préfère peut-être les livres aux attachés-cases, mais trois fois par semaine je vends 600 tickets à 80 boules aux Bouffes-Parisiens. Ça en fait, des taxes à ponctionner ! Je te laisse faire le calcul, Manu.

FLASH INFO

UN COMMUNIQUÉ DU MINISTÈRE DE LA SANTÉ

MESURES RESTRICTIVES

Olivier Véran : Au vu des chiffres alarmants qui nous remontent des préfectures et en accord avec le conseil scientifique, nous avons décidé d'étendre les mesures de fermeture des bars à tous les bars sans exceptions. Sont concernés dès demain 8 heures : les bars-tabacs, les barres d'immeubles, les barres parallèles, les barbichettes, les bar-mitsvas, les barbapapas…

Jade : Merci, monsieur le ministre, je crois que vous avez été suffisamment clair sur les bars qui doivent fermer…

Olivier Véran : Et à Lyon, en accord avec le préfet, fermeture des Barbarin.

« MACRON DES SOURCES »

Jade : Dans nos petits villages aussi, les mesures sanitaires renforcées ne font pas que des heureux. Retrouvons la garrigue et le vallon des Darmanin grâce à notre saga provençale *Macron des Sources* avec Daniel Auteuil et Yves Montand en pleine partie de cartes.

Papet : Eh bien quoi, Ugolin ? Qu'est-ce que tu attends ? C'est à toi de jouer…

Ugolin : Je sais, Papet, mais j'hésite. Et puis je suis troublé.

Papet : Allons, bon ! Et qu'est-ce qui te trouble, Galinette ?

Ugolin : C'est que… j'ai pas l'habitude de jouer ici, dans ta cave, au milieu des caisses de masques de contrefaçon… D'habitude, les parties de manille, on les faisait au Café des Tilleuls.

Papet : Les Tilleuls, tu as dit ? mais tu sais bien qu'ils sont fermés, les Tilleuls, avé la maladie. Alors, heureusement que j'ai ma cave pour jouer aux cartes, sinon où c'est qu'on se mettrait pour plumer Piquebouffigue, le percepteur d'Aubagne ? Hé, hé ! La dernière fois, on lui a fait rembourser trois années d'impôts en deux parties, à Piquebouffigue ! Et il a même dû embrasser Fanny à la fin !

Ugolin : Mais, Papet, le bossu, il a dit qu'il fallait rester chez soi et respecter les gestes barrières !

Papet : Eh, eh ! Et pourquoi tu crois qu'on lui a cloué la porte de sa ferme bio à cet écologiste ? Comme ça, il reste chez lui et la barrière, il l'a à domicile ! Ça lui fera les pieds, à ce cornichon vert. Depuis qu'il est maire, il sait jamais quoi inventer pour nous empêcher de circuler.

Ugolin : Le bossu, il a dit qu'il veut faire un téléphérique électrique pour aller de chez nous jusqu'au massif de la Gourault, comme ça, on pourra monter là-haut sans déranger les familles de sangliers.

Papet : Les sangliers, tu as dit ? Ceux qui nous piétinent les œillets ? L'autre jour, ils ont failli déterrer le trésor des Soubeyran, les sangliers ! Ah mais ! qu'il l'inaugure vite, son téléphérique, le bossu. Et ce jour-là, Ugolin, tu verras que les pinces coupantes, ça sert pas qu'à sectionner les câbles des trottinettes.

Ugolin : Mais Papet, Macron, il a dit qu'il aimait les circulations douces. Et moi, je l'aime, Macron. Je l'aime comme c'est pas permis ! Je t'aime, Macron, je t'aime !

Pape François

« TOUS FRÈRES »

Jade : La dernière encyclique du pape François, intitulée *Tous frères*, a beaucoup fait réagir les commentateurs politiques. Pour en parler, nous recevons le souverain pontife. Bonjour pape François.

Pape : Ola, sœur Jade… Hi, hi, hi !… C'est décontrasté, la pétité messe dou matin, avec Don Calvinus, sour RTL… Ça mé changé dé vos éditorialistes qui sé dispoutent tout lé temps… Il faut lé faire, hein ?

Jade : Alors justement, certains éditorialistes sont assez critiques envers votre encyclique.

Pape : Oui, j'ai vou ça. Ils l'ont pas aimée ma pétité encycliqué ! La prochaine fois, je ferai oune pétité bulle papale, c'est plou rigolo de faire des bulles… Hi, hi, hi !…

Jade : D'aucuns reprochent à votre encyclique *Tous frères* d'être trop explicitement contre le néolibéralisme et contre le consumérisme numérique.

Pape : Ma dé quoi yé mé mêle ? Pourquoi ils la critiquent, mon encycliqué… Ils m'énervent… surtout céloui qui réssemblé à un prêtre exorciste et qui sé mélange toujours les pinceaux dans ses statistiques. Comment il s'appelle déjà céloui-là ?

Jade : Éric Zemmour, peut-être ?

Pape : C'est ça… Il a dit que j'étais naïf comme un adolescent boutonneux. À 83 ans, c'est pas mal. Il faut lé faire… Hi, hi, hi !…

Jade : Éric Zemmour vous a également comparé à Grand Corps Malade.

Pape : Grand Corps Malade, cé qui çoui-là ? Ah oui ! yé vois qui c'est ! C'est lé grand brun pas dou tout décontrasté et qui fait des vers dé mirlitone ?

Jade : On peut dire ça comme ça, Votre Sainteté… Et donc Éric Zemmour a déclaré que votre encyclique ressemble, je cite, *« à une chanson de Grand Corps Malade »*.

Pape : C'est pas gravé, jé loui pardonne, à Éric Zemmour, à condition qué pour pénitence il fasse lui aussi une chanson en duo. Un duo avec Camélia Jordana, c'est pas mal, hein ? Il faut lé faire. Hi, hi, hi !

Pascal Praud

« LES AUDITEURS ONT LA PAROLE »

Praud : Au sommaire des *Auditeurs ont la parole*, le grand retour du groupe Indochine et de son chanteur Nicola Sirkis que nous avons connu blond platine, puis maintenant gris cendré... Après avoir adopté le look Évelyne Dhéliat et le look Catherine Lara, Nicola Sirkis va-t-il adopter le look Morini-Bosc pour son grand retour sur scène ? Va-t-il s'accrocher des breloques autour du cou ? Va-t-il sonner aux portiques des aéroports ? Va-t-il...

Jade : C'est bon, on a compris !

Praud : J'ai pas fini... Pensez-vous qu'Indochine s'appelle Indochine car ils ont des têtes à avoir fait l'Indochine ? Je pose la question au 3210.

Jade : Vous n'allez pas faire toute l'émission sur Indochine ?

Praud : Non... Nous allons aussi parler du Covid... Samia Ghali, maire adjointe de Marseille, a déclaré, je la cite : « À Marseille, nous n'avons pas le même Covid qu'à Paris. » Le Covid marseillais joue-t-il à la pétanque en buvant du pastis ? Je pose la question au 3210... Et le Covid parisien fait-il de la trottinette avec un *Libé* sous le bras ? Je pose la question au 3210.

Jade : Merci Pascal...

Praud : Et le Covid des Hauts-de-France, est-il un chômeur qui mange des frites ? Le Covid breton est-il alcoolique ? Le Covid corse...

Jade : C'est bon, Pascal, on a compris le principe...

Michel Chevalet et Michel Houellebecq

LA TEMPÊTE ALEX

Jade : La tempête Alex s'est montrée particulièrement brutale en Bretagne. Mais comment expliquer un tel phénomène ? Posons la question à notre spécialiste en tout : bonjour Michel Chevalet.

Chevalet : La tempête Alex : comment ça marche ? Pour vous l'expliquer j'ai ramené avec moi un Michel Houellebecq.

Houellebecq : 'Chour.

Chevalet : On le voit, notre Michel Houellebecq est roulé en boule sur lui-même dans un état de prostration avancé : c'est ce qu'on appelle « l'enroulement dépressionnaire ».

Jade : C'est donc ça le fameux « enroulement dépressionnaire » dont parlaient les météorologues... Mais comment savoir qu'il va dégénérer en tempête ?

Chevalet : Un enroulement dépressionnaire dégénère en tempête quand la pression chute brutalement en son centre. Je vous propose donc de mesurer la pression artérielle de Michel Houellebecq avec ce tensiomètre. Mademoiselle Jade, quel chiffre indique-t-il ?

Jade : Sept. Ça fait vraiment pas beaucoup.

Chevalet : En effet, et vous allez tout de suite en voir la conséquence. Comment vous sentez-vous Michel ?

Houellebecq : J'ai froid.

Chevalet : Et voilà ! Quand l'enroulement dépressionnaire se solde par une chute de pression, la température tombe.

Jade : Et que se passe-t-il ?

Chevalet : Il se met à pleuvoir des journalistes en cirés jaunes envoyés de Paris par leur rédaction pour couvrir l'événement, en restant plantés dix heures d'affilée sous la pluie en songeant mélancoliquement au prix Albert-Londres qu'ils n'auront jamais.

NOVEMBRE

Les difficultés du monde
de la culture

Les nouveaux espoirs de la Gauche

L'étrange ouverture
des stations de ski

Les trouvailles de Jean Castex

Les communiqués du ministère
de la Santé

Dominique Besnehard

À peine 10 %

Jade : La dernière saison de la série *10 %*, en diffusion actuellement sur France 2, réalise de très bons scores d'audience. Une série dont notre ami Dominique Besnehard est à l'origine. Dites-nous, Dominique, c'est la dernière saison de *10 %* ?

Besnehard : C'était sûr, mais plus je vois Jean Castex… ça non plus, c'est pas facile à dire… plus je me dis que je vais faire une série avec lui. Il est formidable, ce Castex ! Et quelle gueule ! Les yeux de Bourvil, le tarin de Raimu et le menton de Jean Lefebvre… Tu le regardes, t'as tout le cinéma français d'après-guerre. Macron a eu raison de le choisir, il s'est pas trompé dans le casting.

Jade : C'est-à-dire ?

Besnehard : Castex, avant d'être Premier ministre, c'était le monsieur déconfinement… Ça a été un vrai succès à la française ce déconfinement ! Six mois plus tard : allez hop ! tous à la maison.

Jade : Je vous sens moqueur, Dominique…

Besnehard : Vous me connaissez, je suis un peu mauvaise langue… Non mais c'est très bon pour ma future série, avec Castex en vedette. Un type qui est capable de dire, deux points, ouvrez les guillemets : « La meilleure façon de ne pas encombrer l'hôpital, c'est de ne pas tomber malade », c'est un génie !

Réussir à faire rire la France entière en ce moment, c'est un exploit ! Il est trop fort, un sens comique exceptionnel. Je peux vous annoncer sa prochaine réplique : « La meilleure façon de maigrir, c'est de ne pas manger. » C'est un bijoutier de la déclaration, le Castex, il a une capacité à enfiler les perles, c'est incroyable !

Jade : Et comment va s'appeler cette série autour de Jean Castex ?

Besnehard : *10 %*.

Jade : Encore ? !

Besnehard : Ben oui, c'est sa cote de popularité !

FLASH INFO

UN COMMUNIQUÉ DU PREMIER MINISTRE

MESURES COMPLÉMENTAIRES ANTI-COVID

Castex : Mes chers compatriotes, vous râlez et je vous comprends. Malgré le reconfinement, notre ennemi le Covid n'a toujours pas demandé le cessez-le-feu, c'est pourquoi, en responsabilité, en responsabilité, je vous annonce les mesures complémentaires que nous allons adopter à compter de ce jour :

- mise en place de tickets de rationnement. Les dotations pour une famille de quatre personnes sont de trois topinambours, trois poireaux, un paquet de Gauloises, un masque à gaz et 5 kilos de charbon ;
- attention, la carte Monop' n'est pas acceptée dans les centres de distribution ;
- les tickets de chocolat et de saccharine sont exclusivement réservés à ceux qui n'ont pas encore perdu le goût et l'odorat ;
- pour nos ambulances à gazogène : nous manquons toujours de pièces détachées. J'invite donc solennellement toutes les Françaises à offrir leurs bas ou leurs collants pour confectionner des courroies de transmission ;
- enfin, je rappelle que le virus aime les endroits chauds et humides. Le rasage des aisselles, du pubis et du SIF est donc obligatoire. Obligatoire ! Des contrôles surprises auront lieu dans les gares et les autobus. Ainsi, tous unis et sans poils, nous vaincrons !

Jean Lassalle

NE VENEZ PAS !

Jade : Selon une étude du courtier Empruntis, 46 % des Parisiens souhaitent quitter la capitale. Bonjour Jean Lassalle.

Lassalle : Mes chers compatriotes, de France, d'Outre-mer et de Radio Télévision Luxembourg : bonjour.

Jade : Quels conseils donneriez-vous aux Parisiens désireux de s'installer à la campagne ?

Lassalle : Le premier conseil que je leur donnerais est le suivant : ne venez pas. Restez à Paris. La campagne, c'est dangereux.

Jade : Ah bon ?! qu'est-ce qu'on risque ?

Lassalle : Un coup de chevrotine dans le cul !

Jade : Vous n'êtes pas très hospitalier…

Lassalle : Écoutez, mademoiselle Jade, à chaque fois qu'un Parigot-tête-de-veau vient s'installer à la campagne, la première chose qu'il fait, c'est d'aller se plaindre à la mairie parce qu'il est réveillé le matin par un coq. Mais la campagne sans coq, c'est comme une femme sans rotoplos, bouducon !

Jade : Vous voulez dire qu'ils ont de la campagne une image d'Épinal ?

Lassalle : Absolument. Ce n'est pas parce qu'un Parigot-tête-de-veau a réussi à faire pousser trois tomates cerises dans un espace de végétalisation écocitoyenne autogérée du XIe arrondissement qu'il s'intégrera facilement à la campagne. Au contraire, il risque d'avoir des problèmes.

Jade : Quel genre de problèmes ?

Lassalle : À la campagne, une personne qui se nourrit avec des graines, on appelle ça une dinde. Et les dindes chez nous, elles finissent au four avec des marrons dans le cul, bouducon !

Roselyne Bachelot

REINE DU SHOPPING

Jade : Parmi les domaines les plus impactés par la crise sanitaire en cours, il y a bien entendu le secteur culturel. Nous recevons la ministre de la Culture, bonjour Roselyne Bachelot.

Bachelot : Ouhlalalala ! Parlez moins fort ! Si on sait que je suis là, on va encore me coller un dossier épineux sur le dos et moi, je suis au bout du rouleau.

Jade : C'est vrai que vous avez l'air un peu fatiguée, madame Bachelot. C'est votre ministère qui vous épuise ?

Bachelot : Mais oui, mais oui ! Quand j'ai accepté ce job, au mois de juillet, l'épidémie était passée et je me suis dit que ce serait tranquille comme planque : piquer un petit roupillon à l'Opéra, distribuer quelques médailles, inaugurer des petits fours et surtout, surtout rencontrer des acteurs !

Jade : Et ce n'est pas le cas ?

Bachelot : Mais non, mais non ! Les seuls acteurs que je rencontre ce sont les acteurs de la culture qui veulent me taper de l'argent : des libraires à col roulé qui sentent la pipe, des punks à chien cracheurs de feu, des intermittents à bonnet péruvien, des comédiennes engagées qui postillonnent, des animateurs socio-culturels qui lisent *Télérama*, des cinéastes sans spectateurs, des…

Jade : Oui, merci, ce n'est pas la peine de nous faire toute la liste des « acteurs de la culture ». Il y a quand même bien quelques célébrités qu'il doit être agréable de rencontrer dans votre fonction, non ?

Bachelot : Mais non, mais non ! La dernière célébrité qui est venue me voir, c'est Elsa Zylberstein qui voulait que je la pistonne pour un petit rôle dans *Les Reines du shopping* sur M6.

Jade : Une émission que vous connaissez bien puisque vous y avez participé, n'est-ce pas ?

Bachelot : Mais oui, mais oui ! C'était l'époque où je pouvais m'habiller comme je voulais. En legging léopard, en saharienne fluo, en sarouel de 140 litres ! Qu'est-ce qu'on rigolait ! Voyez-vous, si j'avais su, je n'aurais jamais accepté le ministère de la Culture et je serais restée aux *Grosses Têtes* !

ENCORE UN ESPOIR POUR LA GAUCHE

Jade : François Hollande lance une nouvelle force politique de gauche en vue de la présidentielle de 2022. Bonjour monsieur Hollande…

Hollande : Salut poupée.
Jade : Du calme, monsieur Hollande… On sait que vous êtes un homme à femmes, mais restons sérieux.
Hollande : Pourquoi vous dites ça ? Parce que la presse people a révélé que j'aurais soi-disant un crush avec une petite danseuse de l'opéra Garnier ? Mais on peut en parler, je n'ai pas de tabou.
Jade : Oui, d'autant que Julie Gayet a éteint la polémique en publiant sur son compte Twitter une photo de vous avec un cœur…
Hollande : Eh ouais ! elle en pince pour moi, ma Juju ! Et puis elle sait que quand on est en couple avec un homme de ma trempe, les abeilles tournent autour du pot de miel. Andy Warhol disait que tout le monde a le droit à son quart d'heure de célébrité… Ben moi, c'est pareil : avec François Hollande, chaque femme a le droit à son quart d'heure d'extase.
Jade : À ce point-là ?
Hollande : Affirmatif. Tu sais comment les danseuses du *Crazy* me surnomment ? Hollande Airlines. Parce qu'avec moi tu t'envoles direct vers le septième ciel. Tu veux un billet ?
Jade : Sans façon. Parlons plutôt de ce nouveau mouvement que vous lancez. Pourquoi ne pas vous contenter du parti socialiste ?
Hollande : Parce que le PS, c'est une machine à perdre. Et moi, quand je m'engage dans la course, c'est pour arriver en maillot jaune sur le podium. Cette présidentielle, je vais la grimper en danseuse, du coup je m'entraîne si tu vois ce que je veux dire…
Jade : La métaphore est un peu osée…
Hollande : Je sais, je sais… Mais la France est au bout du rouleau, et il faut lui vendre du rêve. Elle a voulu essayer la jeunesse avec Macron, et elle s'est vite rendu

compte que ce qu'il lui fallait, c'est un homme d'expérience. Donc le rendez-vous que je lui donne en 2022, c'est pas un rendez-vous électoral, c'est un rendez-vous galant. Alors fais-toi belle, la France, parce que si je reviens, c'est pas pour jouer au Scrabble !

Jade : Eh bien ! le rendez-vous est pris !

Hollande : Sur ce je vous laisse, j'ai dit à Juju que je sortais le chien, je voudrais pas qu'elle se fasse des idées.

FLASH INFO

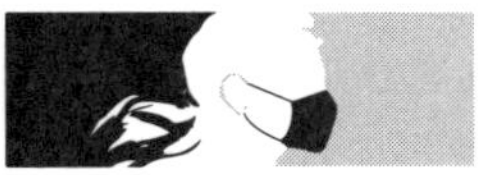

UN COMMUNIQUÉ DU **PREMIER MINISTRE**

L'ANTI-COVID À LA MAISON

Castex : Françaises, Français, râleuses, râleurs, les contaminations… les con-ta-mi-na-tions augmentent… Voilà pourquoi en concertation… en con-cer-ta-tion avec moi-même, j'ai décidé solennellement d'interdire aux esthéticiennes de pratiquer leur art à domicile. Car il ne s'agit pas là de soins essentiels. En effet, la ménagère n'a pas besoin de se faire épiler la moustache car sous son masque, on ne la voit pas pousser. Et je vous le rappelle : vous devez porter le masque même à la maison… même à-la-mai-son !

Olivier Véran

MON MESSAGE AUX FRANÇAIS

Jade : Alors que la crise sanitaire ne semble toujours pas sous contrôle, le ministre de la Santé, Olivier Véran, a multiplié les coups de gueule. Bonjour Olivier Véran.

Véran : Bonjour. Apparemment, je n'ai pas été assez clair dans mes dernières prises de parole, c'est pourquoi je souhaite les préciser de façon plus synthétique.

Jade : Eh bien ! allez-y, monsieur le ministre, profitez de notre antenne !

Véran : Vous commencez tous à m'emmerder.

Jade : Tous ? C'est-à-dire ?

Véran : Ceux qui disaient qu'il n'y aurait pas de deuxième vague, ceux qui disent qu'il fallait embaucher 30 000 infirmières, ceux qui voulaient des masques et qui ne les mettent pas, les soignants qui veulent qu'on ferme tout, les coiffeurs et les fleuristes qui veulent rester ouverts. Les petits commerçants, les gros commerçants, les spécialistes de la Covid qui ont eu leur diplôme sur Facebook, les accros à la chloroquine, les toqués de l'homéopathie, les buveurs d'huiles essentielles… Tout le monde est concerné : vous me pétez tous les gonades !

Jade : Effectivement, c'est clair et synthétique.

Véran : C'est pourquoi, en accord avec le conseil scientifique, je recommande la mise en place d'un nouveau geste barrière. Un geste simple qui peut sauver des vies. Si malgré le confinement vous croisez un Français qui émet un avis scientifique sur l'épidémie de Covid : ayez le réflexe de lui tendre votre index.

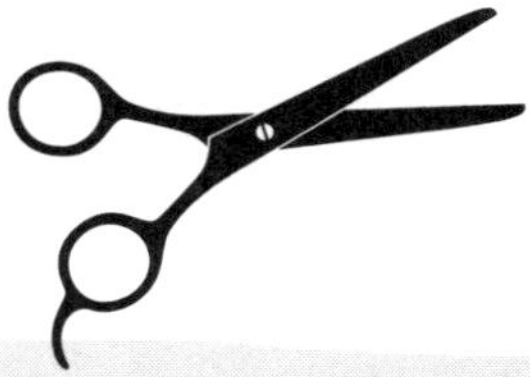

Emmanuel Macron

EN DIRECT DE L'ÉLYSÉE

Jade : Emmanuel Macron va prendre la parole à la télévision ce soir. Partons à l'Élysée où on prépare les premières mesures de déconfinement.

Brigitte : Emmanuel, Emmanuel ! Tu dois rouvrir les coiffeurs. C'est une catastrophe ! Pour me faire ma coupe à la Mireille Darc, je suis obligée de me mettre un bol sur la tête et de couper autour. Résultat : je ne ressemble plus à Mireille Darc, je ressemble à Mireille Mathieu, merci bien ! Si ça continue, je vais être l'égérie de Chaussée aux moines !

Macron : Arrête de m'embrouiller, Brizitte ! C'est déjà assez compliqué comme ça. D'un côté, y a Véran qui veut tout fermer, de l'autre, y a Lemaire qui veut tout ouvrir. Je suis pris entre le marteau et l'enclume : Véran qui est complètement marteau et Lemaire qu'est une enclume !

Brigitte : Les Français ont besoin de coiffeurs et de spiritualité : qu'est-ce qui t'a pris d'interdire la messe à l'église ? Bon ! Puisqu'il faut que je rattrape tes bêtises, je vais demander de l'aide à Goglé... OK Goglé : appelle l'archevêque.

Google : OK Brigitte : j'appelle Michel Houellebecq.

Houellebecq : Chour...

Brigitte : Pardonnez-moi Michel, c'est une erreur de mon Goglé. Puisque je vous ai au téléphone : comment allez-vous ?

Houellebecq : La fin de l'Occident, la misère généralisée, la mort programmée... bref... ça va.

Brigitte : Ah oui, je vois ça... Rassurez-vous, Michel, Emmanuel va rouvrir les librairies, je m'y engage.

Houellebecq : Je m'en fous, des librairies... Moi tout ce que je veux, c'est qu'il ne ferme pas les pharmacies pour mes antidépresseurs et les bureaux de tabac pour mes Gitanes.

Brigitte :
♫ Tu n'es qu'un fumeur de Gitanes
Je vois tes volutes bleues ♫

Houellebecq :
♫ Me faire parfois venir les larmes aux yeux ♫

Brigitte :
Tu es mon maître après Dieu ♫

Fabrice Luchini

AYA NAKAMURA DANS LE TEXTE

Jade : Un député de La République en Marche, Rémy Rebeyrotte, a fait l'éloge d'Aya Nakamura en commission des lois de l'Assemblée nationale. Selon lui, la chanteuse réinvente et porte haut à l'international la langue française. Bonjour Fabrice Luchini.

Luchini : Ils sont énormes, les députés LREM ! Tu vois, on traverse une crise sanitaire épouvantable, on va avoir des faillites un peu partout, on se fait égorger par des islamistes à tous les coins de rue et les députés, qu'est-ce qu'ils font : ils débattent des paroles d'Aya Nakamura !

Jade : Vous qui êtes un amoureux de la langue française, vous ne partagez pas l'avis de ce député ?

Luchini : Après La Fontaine, Rimbaud, Céline, je vais te lire du Aya Nakamura… T'es prête ? Je te préviens, ça va secouer…

« Ah, depuis longtemps
J'ai vu dans ça, depuis longtemps… »

Alors là, je fais tout de suite une pause : c'est pas français… c'est peut-être un patois qu'on connaît pas mais « J'ai vu DANS ça, depuis longtemps », c'est pas français. « J'ai vu ÇA, depuis longtemps » ou « j'ai vu DANS ton texte que tu ne sais pas écrire », mais pas « j'ai vu DANS ça, depuis longtemps », ça veut rien dire. Je poursuis…

« Toi t'es bon qu'à planer,
Ouais, je sens t'as l'seum, j'ai la boca,
Entre nous y a un fossé. »

Bon, là, je sens que le Calvi, il est largué… En effet, y a un fossé qui s'est créé entre Calvi et Aya… Je continue…

« Toi t'es bon qu'à faire la mala,
Bébé fait du sale, allô allô allô,
Million d'dollars, bébé tu vaux ça. »

Après le Calvi, on a perdu la Jade… Elle est à deux doigts d'ouvrir son *Femme Actuelle* pour faire les mots fléchés… Je reprends…

« J'suis gang, hors game,
Boy ne joue pas, bang bang bang,
Blah blah blah d'la pookie,
Ferme la porte, t'as la pookie dans l'side. »

Je ne sais pas comment elle écrit ses textes, la Aya Nakamura, elle doit prendre un dico français, un dico anglais, un mode d'emploi

Ikéa en suédois, tirer au sort des mots, tout mélanger et balancer le tout tel quel.

Jade : J'ai l'impression que la poésie d'Aya Nakamura ne vous emballe pas, Fabrice ?

Luchini : Bah ! j'avoue avoir une légère inquiétude quand, après avoir compté sur Rabelais, Montaigne, Balzac, Hugo ou encore Paul Valéry pour faire rayonner la France dans le monde, on compte sur Aya Nakamura. Cioran a dit : « On n'habite pas un pays, on habite une langue. Une patrie, c'est cela et rien d'autre. » C'est énorme ! Avant à la Culture, on avait Malraux et *La Condition humaine*, maintenant on a Bachelot et *Les Grosses Têtes*.

FLASH INFO

UN COMMUNIQUÉ DU **PREMIER MINISTRE**

MES MESURES POUR VOUS REDONNER LE MORAL

Castex : Nos compatriotes ont le bourdon, le cafard et le moral à zéro. Je les ai entendus, en-ten-dus : Casse-tex, par-ci et Casse-toi, par-là. Moi-même, personnellement, il m'arrive d'en avoir gros sur la patate, sur la patate ! Mais J'ai écrit personnellement – personnellement – à papa Noël pour lui demander de n'oublier personne et aucune chaussure ne restera vide au pied du sapin le matin de la Noël. À condition, bien entendu, de respecter une distance de 2 mètres entre chaque petit soulier.

FLASH INFO

UN COMMUNIQUÉ DU MINISTÈRE DE LA SANTÉ

QUELQUES MESURES ANTI-COVID POUR LES STATIONS DE SKI

Véran : J'ai de très bonnes nouvelles à annoncer aux amateurs de ski. Nous avons décidé d'autoriser l'ouverture des hôtels ! Les vacanciers pourront donc dormir dans la station de ski plutôt que de rentrer chaque soir chez eux !

- Les restaurants resteront en revanche fermés et les vacanciers devront manger dans leur chambre d'hôtel. Ceux qui souhaitent des spécialités montagnardes devront amener leur propre appareil à raclette.
- Les cours de ski seront interdits mais les moniteurs de ski pourront continuer d'avoir des rapports sexuels avec les vacancières esseulées à condition de se nettoyer l'engin au gel hydroalcoolique et de porter un masque pendant le rapport. Des caméras de vidéosurveillance seront installées dans chaque chambre d'hôtel pour repérer les fraudeurs, qui encourent la réclusion à perpétuité.
- Enfin, sur les pistes, pour éviter les collisions entre skieurs, les pistes noires, rouges et bleues seront fermées. Seules les pistes vertes resteront ouvertes. Quant au ski de fond, plus sportif, et donc générateur de miasmes contaminants, il sera interdit. Les vacanciers qui ne respectent pas les règles seront abattus par la gendarmerie.
- Si vous trouvez cela trop contraignant, c'est le but de la manœuvre. Restez chez vous. Merci.

Patrick Balkany

DÉCLARATION DE PATRIMOINE

Jade : Les déclarations de patrimoine et d'intérêts des nouveaux ministres nommés en juillet dernier ont été publiées. Le ministre de la Justice, Éric Dupond-Moretti, est l'un des plus riches.

Balkany : Réclamation ! Alors comme ça, mon ex-avocat, maître Dupont de Normandie, est plein aux as ? Il s'est beurré la biscotte sur notre dos, nous autres, les honnêtes gens qu'il a défendus. Avec tous mes camarades, eux aussi ex-clients de maître Dupont de Neuilly, nous réclamons notre part du gâteau.
Jade : Qui sont ces ex-clients ?
Balkany : Riton la perceuse, un serrurier remarquable, Jojo le talbin, artiste peintre sur billet de banque, et Pedro le gitan, travaux en tous genres à coups de barre à mine. Si quelqu'un vous embête à RTL, je vous donne le numéro du gitan, n'hésitez pas, il est très efficace.
Jade : Non, ça ira, merci…
Balkany : Vous avez vu la galette de maître Dupont de l'Alma ? On veut en croquer nous aussi !
Jade : Éric Dupond-Moretti a déclaré 857 000 euros de revenus pour l'an dernier. Dans son patrimoine également trois appartements et deux maisons.
Balkany : Et moi on m'a tout pris ! À côté de maître Dupont de Tancarville, je suis un Petit Frère des pauvres ! Mais son blé, c'est nous les gens les plus honnêtes du monde qui le lui avons mis dans les fouilles, c'est injuste. Comment je vais me payer une Bentley et une Rolex comme maître Dupont de Ligonnès, moi ? J'ai bien un bracelet mais il n'est pas à mon poignet, il est à ma cheville et il fait bip bip quand je m'éloigne de trop.
Jade : Votre bracelet électronique, bien sûr…
Balkany : Diffamation !

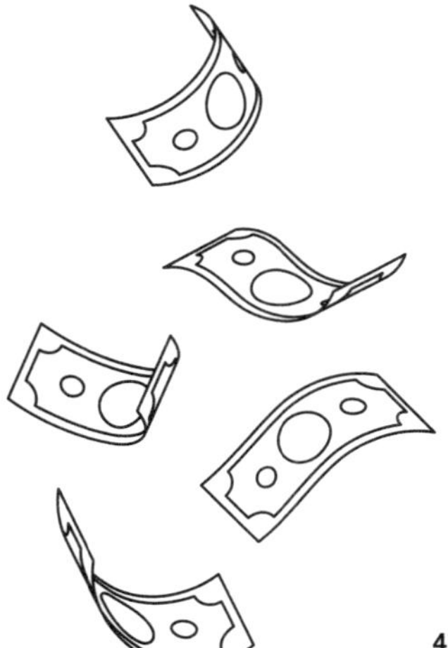

LE CINÉMA : VOUS VOUS RAPPELEZ ?

Jade : Et si, malgré le confinement, nous allions quand même au cinéma ? Tournons-nous vers un cinéaste aussi rare qu'énigmatique : Jean-Luc Godard. Vous avez profité de cet automne de reconfinement pour regarder la télé, Jean-Luc Godard ?

Godard : La télévision fabrique de l'oubli, le cinéma a toujours fabriqué des souvenirs. La télévision n'est pas faite pour communiquer mais pour transmettre des ordres. La télévision, c'est comme La Poste, ça transmet. Mais moi, mon pays, c'est l'imaginaire et la télévision cherche à l'occuper, alors quand je regarde la télévision, j'ai l'impression d'habiter un pays occupé. Alors c'est pour ça que moi, je dis : « Coupez ! »

Jade : Enfin, en attendant la réouverture des salles de cinéma, essayons d'imaginer comment Jacques Demy, réalisateur des *Demoiselles de Rochefort* et des *Parapluies de Cherbourg*, aurait raconté notre époque avec l'aide de son compositeur fétiche, Michel Legrand. Voici par exemple une scène de la vie conjugale en 2020.

Jade : ♫ Ah ! te voilà Marcel !
Où étais-tu passé ?
J'ai failli appeler
L'ministère d'la Santé. ♫

Laurent : ♫ J'étais aux commissions
J'ai mon attestation
Enlève ton soutif
Je vais t'bouffer les… ♫

Jade & Laurent : ♫ Bouzi, bouzi, bouzi, bouza…♫

Jade : ♫ Mais tu sens l'Beaujolais !
Et tu marches tout en biais
Tous les bars sont fermés
Où t'es-tu donc murgé ? ♫

Laurent : ♫ J'étais chez le René
Avec mon pote Robert
Mais on a respecté
Tous les gestes barrières. ♫

Jade : ♫ Mais tu es fou, Marcel,
Tu risques un gros PV
D'la brigade sanitaire
Si tu te fais arrêter. ♫

Laurent : ♫ Tu me connais, je crois,
J'suis têtu comme une mule,
Je ne payerai pas,
La brigade, je l'enc… ♫

Jade & Laurent : ♫ Bouzi, bouzi, bouza…♫

LES SINOKS DÉCONFINENT

Jade : Le calendrier du déconfinement d'Emmanuel Macron n'est pas sans évoquer notre série expérimentale : *Les Sinoks.* L'épisode du jour, raconté bien sûr par l'inoubliable Claude Piéplu, s'intitule : « Le calendrier de l'Avent d'après ».

Piéplu : En ce temps-là, sur la Planète des Sinoks, le Sinok Macron planifiait le déconfinement avec un calendrier.

Après avoir consulté le conseil de santé, le conseil de défense, le conseil des conseils, le haut comité du conseil, et l'ordre des conseilleurs, il décida de rouvrir les commerces et d'étendre l'attestation de déplacement dérogatoire à 20 kilomètres et trois heures de promenade, au grand plaisir du Sinok Hollande, qui eut donc beaucoup plus de temps à passer avec la Sinok danseuse.

Autre nouveauté : les croyants pouvaient de nouveau aller à l'église, au grand plaisir des folles de la messe, mais les salles de sport restaient fermées, au grand désarroi des molles de la fesse. Le ministre des Contrepets se montra intraitable sur la question, et ne céda pas aux protestataires qui menaçaient d'amputer leurs jambes, pas plus qu'à ceux qui menaçaient d'enjamber leurs putes.

Les bars et les stations de ski restaient également fermés jusqu'à nouvel ordre, rendant inutiles les tire-bouchons et les tire-fesses, mais on pouvait toujours acheter des tire-tiques à tire-larigot dans les pharmasinoks.

Le Sinok Macron annonça enfin que ces mesures seraient en vigueur jusqu'au 15 décembre, date à partir de laquelle il remplacerait le confinement par un couvre-feu valable tous les soirs de 21 heures à 7 heures du matin, sauf les soirs de réveillon, à condition de faire manger Papy et Mamie Sinok dans la cuisine… en attendant que le haut comité du conseil de l'ordre des conseilleurs se prononce sur le calendrier de l'Avent d'après la vaccination.

C'est tout pour aujourd'hui.

Jean-Pierre Pernaut

EN DIRECT DE NOS RÉGIONS DE MONTAGNE

Jade : Le gouvernement a tranché : les stations de ski pourront ouvrir à Noël mais les remontées mécaniques devront rester fermées. Comment cette nouvelle est-elle accueillie dans les régions concernées ? Posons la question à notre spécialiste des régions : bonjour Jean-Pierre Pernaut.

Pernaut : Bonjour ma petite Jade ! Eh bien, comme vous vous en doutez, les professionnels du ski ont du mal à comprendre cette nouvelle absurdité technocratique d'un gouvernement d'énarques parisiens déconnecté de la réalité des petites gens qui souffrent ! Mais on ne se laisse pas abattre pour autant, et on s'organise pour accueillir les touristes.

Jade : Ah oui ! et comment ?

Pernaut : Eh bien, pour le savoir, prenons la route de nos belles régions de France, direction Lanslebourg, en Haute-Maurienne, où Geogeo, un entrepreneur local, propose aux touristes, en remplacement des « remontées mécaniques », des « remontants alcooliques » à base de génépi, qui se descendent aussi vite qu'une piste de ski, et avec un effet aussi grisant.

Jade : Ah oui ! c'est astucieux !

Pernaut : Quittons désormais la Haute-Maurienne pour la Petite-Vaurienne, où Christelle, qui tient un magasin de location de matériel de ski, expérimente avec succès la location d'appareils à raclette, dans le but de remplacer la marche en raquettes par la marche en raclette.

Jade : La marche en raclette ?

Pernaut : Oui ! c'est une marche qui se pratique en sortant de table, après une bonne raclette et quelques verres d'apremont, et qui consiste à marcher de la table au canapé pour faire la sieste en bavochant sur le coussin devant un bon documentaire animalier doublé par Pierre Arditi. On évite ainsi de propager le virus en allant sur les pistes.

Jade : Décidément, les Savoyards sont pleins de ressources…

Pernaut : Absolument, et pas que les Savoyards, puisque nous partons désormais à l'autre bout de la France dans le charmant village de la Fistinière, où Jackie Chiasson, le maire divers droite apparenté Jean-Frédéric Poisson, a donné son accord à l'expérimentation du tire-fesses d'intérieur, un nouveau sport visant à faire oublier aux touristes les joies des pistes au profit des joies du fist. Le principe est simple, il suffit de…

Jade : Merci Jean-Pierre, on n'a plus le temps !

Pascal Praud

LES CONFINÉS ONT LA PAROLE

Praud : Ce midi dans *Les Auditeurs ont la parole* sur RTL, nous parlerons du réveillon de Noël, que les Français pourront passer en famille à condition de protéger les plus anciens. Après le couvre-feu, Jean Castex va-t-il instaurer un couvre-vieux ? Les plus de 70 ans vont-ils devoir remplir une attestation de dinde aux marrons dérogatoire ? Olivier Véran va-t-il nous recommander de leur offrir des chocolats Mon Chéri fourrés au gel hydroalcoolique ? Je pose la question au 3210.

Jade : Autre chose, Pascal ?

Praud : Oui, nous parlerons également d'écologie. Est-il possible de faire des économies d'énergie en accrochant Jean Castex et Olivier Véran dans les arbres sur les Champs-Élysées, remplaçant ainsi les illuminations de Noël par des illuminés de Noël ? Réagissez au 3210.

DÉCEMBRE

La disparition
de Valéry Giscard d'Estaing

Les séries télé à l'heure
du confinement

Les belles histoires
de Jean-Marie Bigard

L'élection de Miss France

Les fêtes de Noël avec
« papy et mamie à la cuisine »

Les mesures du ministère
de la Santé

En direct de l'Élysée

DISPARITION DE VALÉRY GISCARD D'ESTAING

Jade : Emmanuel Macron a décrété que mercredi sera jour de deuil national en mémoire de Valéry Giscard d'Estaing. Par ailleurs, à l'Élysée, on prépare le plan vaccin. Partons au palais présidentiel.

♫♫♫♫

Macron : Brizitte ! Brizitte ! Tu me casses les oreilles, j'arrive pas à me concentrer sur mon plan vaccin !

Brigitte : Au lieu de t'occuper de ces bêtises, tu ferais mieux de venir prendre ton cours d'accordéon. Regarde comme les Français ont aimé que le président Giscard d'Estaing tâte du piano à bretelles.

Macron : T'as cru que j'allais remonter le groupe Licence IV ou quoi ?! C'est trop ringard, ton truc !

Brigitte : Et ton Castex, il est pas ringard peut-être ?! Bon, puisqu'il faut tout faire ici, je vais demander à Goglé de m'aider… OK Goglé, je voudrais organiser pour VGE un grand raout…

Google : OK Brigitte, j'appelle le professeur Raoult.

Raoult : Saluuuut peuchère !

Brigitte : Oh non ! Pas le sosie marseillais de Patrick Sébastien ! Pardon professeur, c'est une erreur, je voulais juste organiser une cérémonie pour monsieur Giscard d'Estaing.

Raout : Oh ! pitchoune, tu as bien fait de m'appeler ! Moi, les morts, je les soigne. À ton zig, je lui donne trois cuillères de chloroquine, je lui dis : « Giscard, lève-toi et marche », et il gambade !

Brigitte : ♫ C'est ça… Paroles, paroles, paroles. ♫

Raoult : Écoute-moi.

Brigitte : ♫ Paroles, paroles, paroles. ♫

Raoult : Je t'en prie.

Brigitte : ♫ Paroles, paroles, paroles. ♫

Raoult : Je te jure.

Brigitte : ♫ Paroles, paroles, paroles,
Encore des paroles que tu sèmes au vent. ♫

François Bayrou

HOMMAGE À VGE

Jade : François Bayrou fut l'un des successeurs de Valéry Giscard d'Estaing à la tête de l'UDF. Il est avec nous ce matin pour rendre hommage à l'ancien homme d'État, bonjour monsieur Bayrou.

Bayrou : Bonjour, mademoiselle Jade. En effet, j'ai bien connu monsieur Giscard d'Estaing. Comme vous l'avez dit, je lui ai succédé à la tête de l'UDF, que j'ai transformée en grosse tête toute rouge de l'UDF. Aujourd'hui encore, je porte l'héritage de Valéry, au point que dans les milieux autorisés, on m'appelle François Valéry.
Bayrou : ♫ Elle danse Marie, elle danse.
Elle adore quand ça balance. ♫
VGE : François ! François !
Bayrou : Mais... Qui me parle ?
VGE : François ! C'est moi ! C'est Valéry ! Arrêtez de parler en mon nom. Vous n'avez pas le monopole de moi-même... C'est moi qui suis mort et il n'y en a que pour ce Baââyrou... Ce Baââyrou et son maudit Môôdem ! Il a tué l'UDF, la chair de ma chair ! Ça me fait quelque chose...
Bayrou : Mon cher Valéry, laissez-moi vous dire que je vous trouve un peu injuste, en effet...
VGE : Taisez-vous ! Je n'ai pas envie que vous gâchiez mon repos éternel... Car voyez-vous, j'ai retrouvé quelques bons amis au paradis... L'empereur Bokassa, Lady Di et ma grande amie Jeanne Calment... Avec qui je vais vous chanter une petite chanson, ça vaudra mieux que ce Baaâäyrou... ce Baaâäyrou et son Moôôdem... Allez, musique !
♫♫♫♫

SÉRIES TÉLÉ

SPÉCIAL RECONFINEMENT

Jade : Cette période de l'Avent, qui cette année rime avec « confinement », est une excellente opportunité de retrouver nos séries cultes préférées. Quitte à les réinventer pour les mettre au diapason des nouvelles consignes sanitaires officielles... Voici *Amicalement vôtre*, avec Roger Moore et Tony Curtis, alias Brett Sinclair et Danny Wilde.

Curtis : Oh ! oh ! oh ! ah ! voilà Sa Majesté Brett Sinclair ! Ah ! mais qu'est-ce que c'est que cet accoutrement ?

Moore : Daniel, sache pour ta gouverne que ce masque est en tartan et qu'il porte les armes de toute la dynastie des Sinclair.

Curtis : Oh ! ah ben ! excuse-moi, Brett ! J'me disais aussi qu'il avait un p'tit air écossais.

Moore : Il a été coupé dans le kilt de mon grand-père. Celui qui a survécu à la grippe espagnole.

Curtis : Hein ? Ah oui ! ton grand-père qui a eu la grippe espagnole ! C'est pour ça qu'à la fin d'sa vie, il dansait le flamenco tout seul ! Bon alors, en attendant, on va aller faire un test PCR au juge Fulton.

Jade : Les séries cultes françaises ne sont pas en reste, avec notamment les enquêtes du commissaire Navarro et l'inoubliable Roger Hanin.

Navarro : Dis donc, Bain-Marie, comme t'es mon plus fidèle adjoint, c'est toi qui vas faire les permanences au commissariat pour les fêtes de la Noël. Moi, j'vais emmener ma fille Yolande s'emmerder à la montagne au pied des pistes qui sont fermées. Parce qu'ici, la moitié des mulets sont en réanimation et les autres sont des cas contacts, alors j'ai pas envie de finir avec un tuyau dans la boîte à couscous. Tu sais qu'j'suis un sujet à risque : à 82 balais, j'suis l'seul fonctionnaire qui est encore dans la Police !

Jade : Les inséparables Starsky et Hutch pourraient donner un précieux coup de main aux brigades sanitaires chargées de la surveillance des malades contagieux.

Starsky : Allô, Zébra 3, appelle capitaine Dobey. Huggy les bons tuyaux m'a dit qu'y a un malade qui vient d'sortir de son domicile. Il a pas de masque. Je répète : pas de masque.
Hutch : OK, reçu Starsky. On passe en code 3. Fais bien attention, il ne faut surtout pas qu'il éternue.
Starsky : OK, Zébra 3 à capitaine Dobey. Je le tiens. Les mains à terre ! On tousse dans son coude et on obtempère !
Jade : Dans un autre genre, plus calme et plus posé, le tout premier commissaire Maigret, incarné par Jean Richard, pourrait lui aussi affronter à sa manière la redoutable épidémie.
Maigret : Lucas, fais-moi monter d'la bière et d'la chloroquine. J'suis tout patraque. J'ai une p'tite toux sèche qui m'inquiète et les bronches encombrées. Les tisanes au thym d'Mame Maigret n'ont rien donné. Mais j'crois qu'j'suis sur une piste : dans la manif pour les migrants, j'ai repéré un individu casqué qui portait pas d'masque et qui m'a craché dessus en criant « Fuck la Police ». J'vais l'faire coffrer pour « outrage à magistrat ». Y s'ra libéré l'lendemain mais au moins pendant sa garde à vue, il arrêtera ses sarcasmes.
Jade : Autre ambiance, plus angoissante, celle de la fameuse série avec Roy Thinnes : *Les Envahisseurs.*
Laurent : Les envahisseurs : ces petites bêtes rondes venues d'un autre pays. Leur destination : vos poumons. Leur but : en faire leur univers. David Vincent les a eus. Pour lui, tout a commencé par un métro bondé alors qu'il cherchait une correspondance que jamais il ne trouva. Cela a commencé par l'atterrissage d'une goutte de morve venue d'un autre voyageur. Maintenant, David Vincent sait que les envahisseurs sont là, qu'ils ont des petits picots tout autour et qu'il lui faut convaincre un monde incrédule que le cauchemar ne fait que commencer…

Jean-Marie Bigard

IL A PLUS DE BOULOT, LE GARS

Bigard : Mesdames, messieurs, je m'excuse de vous déranger mais je suis ruiné. Je vais donc vous raconter une histoire drôle et passer parmi vous avec mon chapeau. Alors voilà, c'est l'histoire d'un travelo, il a de l'herpès sur le zguègue, le gars.

Jade : Houla ! Tenez, Jean-Marie, voici un ticket-restaurant. Vous êtes vraiment ruiné ?

Bigard : Mais ouais ! Castex, il a fermé tous les théâtres, le gars ! Et moi le théâtre, c'est mon lieu de travail. Je reste pas toute la journée derrière un bureau dans un ministère à écrire des lois dictées dans une oreillette par les Illuminati de Bruxelles qui veulent nous mettre des puces électroniques dans le corps en nous vaccinant contre un virus imaginaire !

Jade : Mais enfin, Jean-Marie, vous êtes devenu complètement complotiste !

Bigard : Mais pas du tout ! C'est toi qu'es aveugle. D'ailleurs, en parlant d'aveugle, tu la connais celle-là ? C'est un aveugle, il confond sa canne avec sa bite, le gars.

Jade : Merci Jean-Marie, mais nous sommes à une heure de grande écoute... Gardez-la plutôt pour *Les Grosses Têtes.*

Bigard : Ouais, t'as raison, ça fera du boulot pour les journalistes de *Libération* qui passent leurs journées à éplucher l'émission pour compter les gros mots. Je vais aussi leur raconter celle du journaliste de *Libé*, il a une énorme envie de chier, le gars. Et du coup il fait un article de meeeerde !

Jade : Bonne journée, Jean-Marie.

Bigard : Allez tous vous faire enculer !

JEAN CASTEX PARLE AUX FRANÇAIS

Castex : Un, deux... Paris, Prades, planète Mars... Alors mes fiches, elles sont là... Mes lunettes, je les ai sur le tarbouif... Mais qu'est-ce que j'ai foutu de mon slip... Ah ! oui, il est sous mon falzar !

Jade : On vous entend, Jean Castex, vous pouvez y aller...

Castex : Mes chers concitoyens... En responsabilité, en responsabilité, nous avons décidé d'ouvrir les théâtres.

Jade : Ah bon ? Mais je croyais qu'ils restaient fermés ?

Castex : À condition, à condition, qu'il n'y ait pas plus de personnes dans la salle que sur scène... Ainsi pour les one-man-show, un seul spectateur sera autorisé à voir le spectacle... Et il fera lui-même le son et la lumière...

Jade : C'est n'importe quoi !

Castex : Ah ! flûte, je me suis trompé de fiche... Ça, c'était celle préparée par Roselyne... Alors où est-ce que j'ai mis ma fiche du jour... Elle n'est pas dans ma poche, elle n'est pas sur mon tarbouif, j'espère qu'elle n'est pas dans mon slip...

Jade : Bon, monsieur le Premier ministre, que voulez-vous nous annoncer exactement ?

Castex : Ah ! ça y est, je sais ! En responsabilité, en responsabilité, nous avons décidé de reporter 2021 à 2022 à condition, à condition, que nous soyons en capacité en 2022 de manger la bûche de 2020 avec Papy et Mamie...

Jade : Qu'est-ce que vous racontez ?

Castex : Qu'est-ce que j'ai fait de ma fiche sur les nouvelles mesures... Ah ! elle est là... Je vous la lis : yaourt 0 %, steaks hachés, crème fraîche, beurre... Ah ! excusez-moi, ça, c'est la liste des courses que m'a donnée madame Castex...

Jade : On va vous laisser, hein, Jean Castex...

Castex : Je profite de cette intervention pour dire à madame Castex : en responsabilité, en responsabilité, je ramène le pain ce soir !

LES BRONZÉS VERSION RECONFINÉS

Jade : Les fêtes de fin d'année vont être perturbées par la crise sanitaire. Voilà qui a donné l'idée à la troupe du Splendid d'adapter leurs plus grands succès.
Commençons par *Le père Noël est une ordure mais Amazon c'est pire*, avec dans le rôle du père Noël Gérard Jugnot, dans le rôle du pharmacien Jacques François et, bien sûr, Bruno Moynot, l'inoubliable monsieur Preskovic.

Preskovic : Excousez pour dérangement mais père Noël vouloir suicider lui.

Jacques François : Faisons vite, j'ai un rendez-vous pour le réveillon chez Castex…

Jugnot : J'ai voulu mettre fin à mes jours parce qu'Amazon veut me remplacer.

Jacques François : Facilitez-moi la tâche, mon vieux, ne bougez pas comme ça, je vous ai dit que j'avais un rendez-vous chez Jean Castex !

Jugnot : Vous êtes vraiment trop bon.

Jacques François : Allez, un peu de Synthol et nous pourrons tous partir… Bon, ben ! ça ira comme ça, je suis pas un hôpital !
Prrroooûût !

Jacques François : Qu'est-ce qui se passe ? Ma veste est pleine de cambouis… Mais… mais… mais c'est d'la merde !

Preskovic : Non, c'est kloug des laboratoires Moderna.

Jugnot : Je vous préviens, j'vais m'tuer ! N'approchez pas où j'avale tous les cachets de chloroquine !

Jade : Les vacances à la neige sont elles aussi menacées. Le Splendid va donc faire une suite aux *Bronzés font du ski* intitulée *Les bronzés marchent dans la neige* avec messieurs Clavier, Blanc et Jugnot.

Clavier : Ah ! ben voilà, ils ferment les remontées ! Ah ! les cons, non mais les cons !

Blanc : Ah ! ben c'est sûr qu'ça s'rait dommage de pas profiter une dernière fois d'nos pistes !

Jugnot : Merde, merde ! Mais moi j'ai réservé une semaine !

Blanc : Attends, avant d'conclure, y a p'têt une réouverture.

Jade : Comme l'a exigé le président de la commission

médicale, Papy et Mamie devront manger leur bûche de noël dans la cuisine. Le Splendid a donc rebaptisé *Papy fait de la résistance*, qui porte désormais comme titre *Papy et Mamie font de la résistance pour ne pas manger dans la cuisine*, avec toujours Gérard Jugnot.**

Jugnot : Rassurez-vous, madame Bourdel, c'est français, c'est la brigade anti-covid française... Alors Ausweis, attestations, s'il vous plaît... Au trot !

Jade/Maillant : Mais que se passe-t-il vraiment, je ne comprends pas...

Jugnot : J'ai dit : Ausweis, attestations ! Tiens, pendant que vous y êtes, rajoutez-moi les tickets de pain et la facture de la bûche... Allez hop !... Hop ! hop ! hop ! hop !

Jade/Maillant : Servez-vous, ils sont là, sur la table...

Jugnot : Il se cache où, Papy ? Pourquoi il est pas dans la cuisine avec toi, la vieille ?

Jade/Maillant : Enfin, monsieur, voyons...

Jugnot : Tais-toi, vieux croûton ! Ou j't'emmène à la Kommandantur, tu feras moins la maline avec Véran !

FLASH INFO

UN COMMUNIQUÉ DU PREMIER MINISTRE

AVERTISSEMENT AUX FRANÇAIS QUI VEULENT SKIER EN SUISSE

Castex : En responsabilité, si un Français tente de passer clandestinement la frontière avec ses skis sur les épaules, il sera arrêté et placé en quarantaine par le préfet. Au lieu de skier en Suisse, il passera donc son séjour chez le préfet et la préfette à faire le ménage ou servir à table avec un coton-tige dans le nez, ça lui fera les pieds.

Philippe de Villiers

MISS PUY-DU-FOU

Jade : L'élection de Miss France 2021 aura lieu le 19 décembre au Puy-du-Fou. Bonjour Philippe de Villiers.

De Villiers : Salut à toi, la gueuse. En effet, j'ai l'honneur d'organiser sur mes terres l'élection de la future représentante de notre grand et beau pays. Et elle devra être méritante pour remporter toutes les épreuves que j'ai imaginées !

Jade : Des épreuves ?

De Villiers : Absolument. La future Miss France devra savoir sculpter les sabots, coudre le cuir, monter à cheval, pêcher la truite à main nue, chasser le chevreuil à l'arbalète, et, bien sûr, cuisiner le gruau en marmite sur feu de cheminée comme une vraie femme.

Jade : Euh... je vous arrête tout de suite, monsieur de Villiers, le concours de Miss France est un concours de beauté...

De Villiers : Un concours de beauté ? Mais vous n'y pensez pas ! Je vais de ce pas envoyer une lettre par pigeon voyageur à la Dame au Chapeau pour régler ce malentendu.

Jade : Ce n'est plus madame de Fontenay qui dirige Miss France, c'est Sylvie Tellier. Qu'on a vue récemment accompagnée de ses Miss en maillots de bain dans la traditionnelle photo de groupe...

De Villiers : En maillot de bain ! Mais c'est abominable ! Je ne laisserai pas ces succubes transformer la Vendée en lupanar ! Moi vivant, aucune femme ne se dandinera au Puy-du-Fou comme une fille de joie en exhibant sa patte de chameau lippue et son SIF épilé ! Ah ! j'arrête, je bande !

Arnaud Montebourg

L'ÉTERNEL RETOUR

Montebourg : Saluuut, ça va ?
Jade : Bonjour Arnaud Montebourg… Décidément, on vous voit beaucoup dans les médias en ce moment…
Montebourg : Vous voulez un peu de mon miel Bleu Blanc Ruche ? C'est du bon, c'est du bio, c'est du made in France… C'est fait avec le cérumen récolté dans les casques audio de tous les studios de radio que je fréquente. Étalé sur une tartine, c'est très bon !
Jade : Non merci, ça ira…
Montebourg : Oh ! Calvi, t'es là aussi ! Saluuut, ça vaaâ ?
Jade : Votre présence médiatique ne traduirait-elle pas plutôt un retour en politique ? On parle même d'une possible candidature pour la prochaine présidentielle.
Montebourg : S'il y a des ruches à l'Élysée, je suis preneur !
Hamon : Bonjour…
Montebourg : Saluuut Benoît, ça vaaaâ ?
Jade : Qu'est-ce que vous faites là, Benoît Hamon ?
Hamon : Je viens pour dire que si jamais Arnaud veut un soutien, je suis là…
Jade : Attendez, je ne comprends plus rien. En septembre, vous souhaitiez une candidature d'un écolo, il y a un mois, vous étiez prêt à vous allier à Jean-Luc Mélenchon, et il y a deux semaines, vous vouliez que ce soit Christiane Taubira qui se présente… Faudrait savoir !
Hamon : Moi, vous savez, du moment que j'ai un peu de pain et de chaleur…
Jade : Enfin, Benoît Hamon, c'est la présidentielle, c'est pas les Restos du cœur !
Montebourg : Bon, je vous laisse avec le P'tit Chose, je vois Cyril Lignac qui approche ! Je vous laisse, je vais lui proposer mon miel pour ses gâteaux… Saluuuut Lignac, ça vaaaâ ?

Brigitte et Emmanuel Macron

EINE PETIT COUP DE MAIN À NOS VOISINS

Jade : Pourtant citée en exemple dans sa gestion de la crise sanitaire, l'Allemagne peine à résister à la deuxième vague de contamination. Une situation observée de près à l'Élysée.

Brigitte : Emmanuel ! Emmanuel ! Tu as vu ? Ta copine Angela est toute patraque ! Elle n'arrive pas à enrayer le virus. Tu devrais l'appeler pour lui remonter le moral.

Macron : Mai-euh ! J'ai pas que ça à faire ! Je dois déjà tout expliquer à Castex qui comprend rien !

Brigitte : Eh ben ! comme d'habitude, c'est pour ma pomme ! Faut que je m'occupe de tout dans cette maison… OK Goglé, appelle Angela Merkel.

Google : OK Brigitte, j'appelle la chancelière.

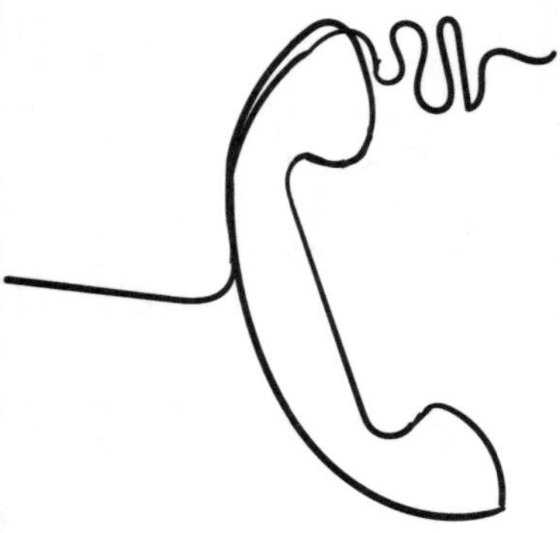

Angela : Kommandantur anti-cofid, Angela à l'appareil, ch'écoute ?

Brigitte : Guten Tag, Angela, c'est Brigitte Macron… Je vous appelle pour vous donner un truc contre la pandémie… Dites aux papys et aux mamies teutons de manger leur strudel glacé dans la cuisine.

Angela : Ach ! Che né pas lé temps de plaisanter avec vous, Brichitte… En Bafière et en Saxe-eu, ça se mouche et ça tousse-eu !

Brigitte : Voulez-vous qu'on vous envoie notre Jean Castex ?

Angela : Nein ! Zurtout pas ! Ché assez d'une kalamité komm ça ! *Clic !*

Brigitte : Ah zut ! elle a raccroché…

Macron : Brizitte ! Brizitte ! Tout le monde m'embête parce que j'ai remis en cachette la Légion d'honneur au président égyptien qui zigouille tout le monde !

Brigitte : Avec toi, c'est bêtise sur bêtise ! Je vais l'appeler pour déminer le terrain… OK Goglé, appelle le général Abdel al-Sissi.
Google : OK Brigitte, j'appelle Pierre Perret.
Brigitte : Que vient faire Pierre Perret là-dedans ?
Perret : ♫ Tout tout tout,
Vous saurez tout sur le Sissi,
Le vrai, le faux, le laid, le beau,
Le dur, le mou qui a un grand cou,
Le gros touffu, le p'tit joufflu,
Le grand ridé, le mont pelé,
Tout tout tout tout…
Brigitte : J'vous dirai tout sur le Sissi ! ♫

FLASH INFO

UN COMMUNIQUÉ DU **PREMIER MINISTRE**

JOYEUX NOËL ! JOYEUX NOËL !

Castex : En responsabilité, si vous comptez aller festoyer avec Papy et Mamie pour la Noël sans respecter la distance sanitaire entre les uns et les autres de 10 kilomètres, vous serez conduits au piquet, et Gérald Darmanin vous mettra le bonnet d'âne… le bonnet d'âne. Par ailleurs, vous serez condamnés à copier cent fois : je ne partagerai plus la bûche avec Papy et Mamie.

En responsabilité, je ferai aussi preuve d'encouragements pour ceux d'entre vous qui respectent les règles. Par exemple : celui ou celle qui décidera de réveillonner seul et masqué aura un bon point. Et au bout de dix bons points, vous serez récompensé d'une image représentant monsieur et madame Macron à vélo au Touquet-Paris-Plage.

Guy Lux et Léon Zitrone

RING PARADE COVID-19

Jade : C'est un réveillon de Noël très spécial que vont célébrer les Français ce soir à cause de la crise sanitaire avec des règles strictes à respecter. Imaginons comment les stars du divertissement d'antan, Guy Lux et Léon Zitrone, auraient commenté ces festivités.

Guy Lux : Eh bien, bonsoir... Bienvenue dans notre top au réveillon du ring parade Covid-19 avec ce soir notre Léon Zitrone national qui est en direct par télédiffusion d'un foyer français pour cette soirée de Noël. Je l'aperçois d'ailleurs sur mon moniteur Téléfunken quatre couleurs et, vu les taches sur sa cravate, j'ai l'impression que notre ami Léon a déjà attaqué les p'tits fours. C'est à vous Léon !

Zitrone : Guy ! Guy ! M'entendez-vous, Guy ?!

Guy Lux : Vous venez de me péter un tympan, Léon, j'ai l'oreille qui saigne, pas besoin de gueuler comme un goret, on vous entend très bien ! Dites-moi Léon, vous avez un truc qui pendouille sous le nez, est-ce que par hasard vous n'auriez pas tapé dans les huîtres ?

Zitrone : Non, Guy ! Il se trouve que j'ai attrapé froid ! Comme l'avait annoncé la ministre Barbara Pompili, des coupures de courant ont occasionné l'interruption du chauffage dans notre famille française !

Guy Lux : Ben mouchez-vous alors, mon Léon, et pas dans la nappe tant qu'à faire ! On part au standard Balzac 32 SVP 11 11 avec Gennaro... On rappelle la règle du jeu, l'arbitre Castex a été formel : ils ne doivent pas être plus de six à table... On en est à combien Gennaro ?

Gennaro : Cinq... *Five... Cinque...*

Guy Lux : Oui, c'est bon, le Macaroni, tu vas pas nous le faire dans toutes les langues ! Je compte pas m'éterniser ici, j'ai un chapon qui m'attend à la maison... Ah ! Simone Garnier qui nous appelle... Bravo pour la mise en plis, vous êtes très en beauté, ma chère Simone !

Simone : Merci Guy ! Les premiers invités sont arrivés chez Papy et Mamie : il s'agit de Patrick le fils, Geneviève la belle-fille, et leurs deux enfants Kévin et Kimberley. Ils sont tous masqués.

Guy Lux : Y a plus qu'à mettre un disque de La Compagnie créole, une dizaine de punchs là-dessus et la fête sera complète !

Zitrone : Guy ! Guy Lux ! Trois nouveaux convives viennent d'arriver !

Simone : Oui, il s'agit des cousins de Charente, Guy…

Gennaro : 5 + 3 = 8 ! Je répète : 5 + 3 = 8 !

Guy Lux : Merci Gennaro, j'ai encore mes doigts, je sais compter ! Ils sont huit alors qu'ils devraient être six, on va donc être obligés d'annuler ce réveillon et d'appeler la police : à défaut de dinde, ils boufferont du poulet !

Zitrone : Guy Lux ! Tandis que je tentais d'obliger Papy et Mamie à aller dîner dans la cuisine, ils m'ont jeté la bûche au visage et ils ont cassé mes lunettes ! Je n'y vois plus rien, je ne vous entends plus, je suis contraint de rendre l'antenne !

Guy Lux : C'est ainsi que se termine ce top au réveillon du ring parade Covid-19… On se retrouve dès la semaine prochaine pour la Saint-Sylvestre… Et puisque notre ami Jean Castex a annulé l'année 2021, je vous souhaite un joyeux Noël et une bonne année 2022 ! Ici Cognacq-Jay, à vous les urgences !

« Macron des sources »

LE PAPET À LA CUISINE

Jade : Dans nos petits villages aussi, on se prépare à des fêtes de fin d'année très particulières. Retrouvons la garrigue et le vallon des Darmanin en pleine féerie de Noël, grâce à notre saga provençale *Macron des sources*, avec Daniel Auteuil et Yves Montand.

Papet : Eh bien, Ugolin ? Eh, eh, eh ! qu'est-ce que tu as prévu de bon, pour le dîner de la Noël ? Un bon chapon avé quelques truffes, comme l'année dernière ?

Ugolin : Mais Papet, cette année, le réveillon on le fera pas ensemble. Moi, je serai dans la salle à manger, et toi, comme tu es notre aîné à tous, tu resteras dans la cuisine.

Papet : Dans la cuisine, tu as dit ? Et pourquoi pas dans la cour avé le chien attaché à un piquet ?

Ugolin : Mais Papet, Papet, c'est monsieur Castex qui l'a dit.

Papet : Ah ! ne m'en parle pas, Galinette, de ce fada qui cherche ses binocles alors qu'il les a sur le nez ! Tu vois pas que cette année, ils se sont tous donné le mot pour nous gâcher la Noël ? Tiens, prends le bossu, le nouveau maire, tu l'as vu son sapin ?

Ugolin : C'est un sapin de Noël écologique, Papet, il a dit que c'est pour sauver un arbre de la mort.

Papet : Écologique, tu as dit ? Pour le fabriquer, son arbre de Noël, il a récupéré les cagettes à légumes d'Antonin, le maraîcher. Comme guirlandes, il a recyclé des sacs-poubelles. Et la crèche avé les santons sur la place du village ? Tu l'as vue, toi, Ugolin ? Y en a pas, cette année. Les santonniers et leurs santons, c'est pas essentiel comme activité peut-être ?

Ugolin : Mais Papet, si y a pas de crèche, c'est pour pas fâcher Ali, le maçon. Celui qui mange jamais de saucisson et qui fête pas la Noël.

Papet : Oooh ! mais ils commencent tous à nous escagasser ! La Noël, depuis 2000 ans, c'est une crèche, un petit Jésus, un sapin avé des boules, un bon dîner et un colis aux anciens. Au lieu de ça, ils veulent tous nous piquer avé leur vaccin américain !

Ugolin : Mais Papet, Macron, il a dit que le vaccin, c'était pour notre bien. Et moi, je l'aime Macron, je l'aime comme c'est pas permis. Je t'aime Macron, je t'aime !

Jean-Luc Mélenchon

INSOUMIS AU VACCIN

Jade : Jean-Luc Mélenchon a émis des doutes sur les vaccins. Selon le leader de La France insoumise, un vaccin fabriqué à moins 60 degrés comporte des risques.

Mélenchon : ♫ Ah ! ça ira, ça ira, ça ira,
Les vaccinologues à la lanterne,
Ah ! ça ira, ça ira, ça ira,
Les vaccinologues on les pendra ! ♫

Jade : Ouh là ! Bonjour Jean-Luc Mélenchon.

Mélenchon : Bonjour Jean-Luc Mélenchon... Qu'est-ce t'as, p'tite tête de journaliste ?! Tu veux me piquer, c'est ça ? Tu me piqueras pas ! Parce que la République, c'est MOI !

Jade : Calmez-vous et expliquez-nous plutôt vos doutes concernant les vaccins contre le Covid.

Mélenchon : Je l'ai dit et je le redis : j'y connais rien en vaccin mais j'ai deux, trois notions sur les surgelés. Et un vaccin à moins 60 degrés, ça me fout les chocottes.

Jade : Pourquoi donc ?

Mélenchon : L'autre jour, Quatennens, mon rouquemoute, m'a fait chauffer un hachis parmentier Findus. Après l'avoir bouffé, j'ai gonflé et j'ai eu des plaques rouges partout ! Et tu sais que le rouge, normalement, ça me dérange pas... Mais là je ressemblais à Casimir. Et tu sais pourquoi ?

Jade : Non, expliquez-nous...

Mélenchon : Parce qu'Alexis Corbière, ce neuneu, avait tapé dedans la semaine dernière... Ces crétins avaient recongelé un truc décongelé ! J'ai frôlé la mort, moi, avec le hachis parmentier ! Pas question que ça recommence avec un vaccin !

Jean-Pierre Pernaut

LA DERNIÈRE

Jade : C'est donc cette semaine que notre ami Jean-Pierre Pernaut fera ses adieux au journal de 13 heures de TF1, après plus de trente ans de présence. Bonjour Jean-Pierre Pernaut, pas trop triste ?

Pernaut : Bonjour ma petite Jade. Eh oui ! une belle page se tourne, et je vous l'avoue, j'ai bien peur d'essuyer une petite larme le jour de la dernière, mais heureusement, nos amis des régions, ces régions que nous aimons tant, ont pensé à moi puisque j'ai reçu des mouchoirs de toute la France : les traditionnels mouchoirs de Cholet, bien sûr, mais aussi des mouchoirs en lin des Vosges, des mouchoirs en peau de bique du Larzac, des nappes à carreaux de Vichy, et même les fameux tire-jus de Sainte-Sinusite dans le Quercy poisseux.

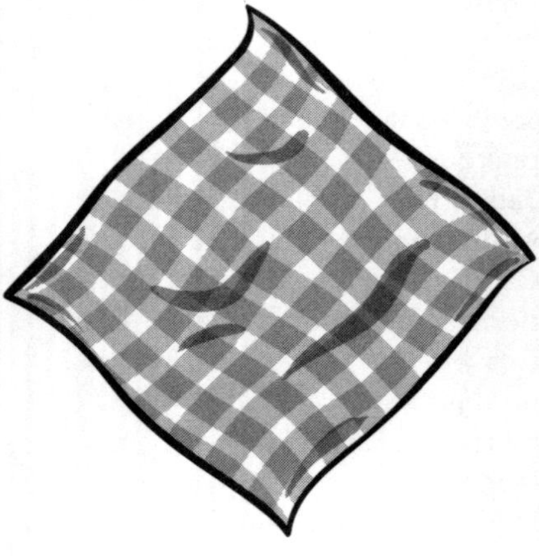

Jade : Les tire-jus de Sainte-Sinusite ? Encore une spécialité qu'on ne connaissait pas...

Pernaut : C'est un grand mouchoir d'un mètre sur un mètre, avec un côté jaune pour le rhume des foins et un côté vert pour le rhume d'hiver. À Sainte-Sinusite, on garde le même tire-jus toute l'année et quand il est plein, eh bien ! on le donne à manger aux poules !

Jade : Bon, eh bien ! souhaitons que vous n'aurez pas trop besoin de mouchoirs pour vous consoler le 18 décembre !

Pernaut : C'est gentil de vous inquiéter, ma petite Jade, mais vous savez, juste après la météo d'Évelyne Dhéliat, je prendrai le volant de mon camion et direction mon salon, ce salon que nous aimons tant, ma femme et moi...

Jade : Vous avez un camion ?

Pernaut : Eh oui ! ma p'tite Jade, un 38 tonnes frigorifique. Il va bien falloir ça pour rapporter tout le gibier que j'ai reçu en cadeau de départ de la part de tous ces gens que nous avons rencontrés, en trente ans de journal de 13 heures. Des sangliers, des cerfs, des demi-cochons, des pintades, des bécasses, des chamois, des marmottes et puis aussi bien sûr, quelques ours qui s'étaient égarés dans nos réserves de chasse…

Jade : Que de beaux cadeaux, Jean-Pierre ! Mais nous aussi, nous avons un cadeau, ou plutôt une surprise pour vous, puisque nous avons en ligne le maire divers droite de La Fistinière : Jacky Chiasson.

Pernaut : Quelle belle surprise, ma p'tite Jade ! Vous allez vraiment me faire pleurer…

Chiasson : Allô ? La capitale ? C't'un grand honneur pour nous de saluer m'sieur Pernaut qui nous a tant soutenus au fil des ans. Grâce à lui, la France entière a su que La Fistinière n'est pas un trou, crédieu !

Pernaut : C'est vrai, monsieur le maire, même s'il faut bien le dire, bon nombre de nos envoyés spéciaux à La Fistinière y ont laissé un micro, une perche, voire une caméra tout entière…

Chiasson : C'est pourquoi, avec le conseil municipal de La Fistinière, nous avons décidé de remettre à m'sieur Pernaut un poing d'honneur pour l'ensemble de son JT de 13 heures.

Pernaut : Eh bien ! merci monsieur le maire, ce sera en quelque sorte, le poing final !

FLASH INFO

UN COMMUNIQUÉ DU MINISTÈRE DE LA SANTÉ

MESURES POUR UN ORGASME ANTI-COVID

Olivier Véran : Comme vous le savez, c'est aujourd'hui la Journée mondiale de l'orgasme (célébrée depuis 2006). Je vais donc vous présenter les nouvelles mesures en matière d'orgasme.

• Première mesure : l'orgasme est autorisé pendant le couvre-feu à condition de porter un masque et de préalablement nettoyer ses organes génitaux avec du gel hydroalcoolique. Par ailleurs, les Français qui souhaitent avoir un orgasme le 31 décembre après 20 heures devront remplir une attestation de jouissance dérogatoire.

• Pour les Français qui souhaitent avoir des orgasmes en faisant des plans à trois, ils pourront le faire, mais en remplissant au préalable une attestation de plan à trois dérogatoire sur le site web de Marlène Schiappa.

J'ai conscience que je demande beaucoup d'efforts aux Français, c'est pourquoi je vais moi-même m'imposer une règle pour montrer l'exemple : jusqu'au déconfinement total, je me contenterai d'avoir des orgasmes en pratiquant la masturbation intellectuelle.

JANVIER

La lenteur de la vaccination

L'investiture mouvementée de Joe Biden

Les pubs de Benjamin Castaldi

Le mariage de Jean-Marie Le Pen

Les communiqués du ministère de la Santé

Brigitte et Emmanuel Macron

BONNE ANNÉE ?

Jade : L'année 2021 commence mal pour l'exécutif avec un retard de la France dans la campagne de vaccination par rapport à ses voisins européens. Retrouvons le couple présidentiel à l'Élysée.

Brigitte : ♫ *Tou tou tou you tou, tou tou tou tou tou tou tou you tou* ♫... Allez, encore un petit effort, Brigitte... C'est une catastrophe ! J'ai pris 30 grammes pendant les fêtes ! Il ne manquerait plus que les Français pensent que je prospère en pleine crise économique...

Macron : Brizitte ! Brizitte ! Écoute un peu mon prochain discours... « Ze pense à Robert, charcutier traiteur à Vesoul... Ze pense à Jocelyne, coiffeuse à La Bourboule... Ze pense à... »

Brigitte : Oui ben, ça va ! Tu as déjà saoulé tout le monde le 31 avec ton infirmière Marie-Corantine, ton éboueur Gérald et Rosalie, ta libraire à Bagnolet... tu ne vas pas nous faire toutes les pages jaunes ! Et puis c'était quoi ces ignobles fauteuils en skaï de chez Conforama ?

Macron : C'était pour faire peuple...

Brigitte : Le peuple, il n'a pas envie de se retrouver les fesses collées à du skaï, il veut des vaccins ! Tu ferais bien d'accélérer un peu la cadence... Nous sommes la risée de l'Europe ! J'appelle Merkel : les Teutons vaccinent à tour de bras... OK Goglé, appelle la chancelière.

Google : OK Brigitte, j'appelle la demoiselle d'Armentière.

Line Renaud : Allô Brigitte, c'est Line Renaud ! Le p'tit a-t-il reçu mes étrennes ?

Brigitte : Oui, Line, merci beaucoup... Mais je ne suis pas sûre que 120 francs suffisent à effacer la dette... Je raccroche, je dois appeler Angela Merkel... OK Goglé, appelle Angela Merkel.

Merkel : Ach... Bonchour Brichitte et guten Jahr !

Brigitte : Bonne année aussi, Angela... Dites-moi comment vous faites pour vacciner autant ?

Merkel : Z'est eine catastrophe ! À Straslund, ils ont injecté zinq doses de vaccins d'un coup à chaque patient ! Depuis les mezieurs ont eine deuxième papayou qui pousse !

Brigitte : ♫ Papayou, papayou.

Merkel : Papayou, papayou lé lé. ♫

Brigitte : ♫ Garde-le pour toi, ne le montre pas,
Ça ferait des jaloux dans l'quartier. ♫

FLASH INFO

UN COMMUNIQUÉ DU MINISTÈRE DE LA SANTÉ

LA STRATÉGIE VACCINALE DU GOUVERNEMENT

Olivier Véran : Il s'agit d'une stratégie en trois étapes.
Étape 1 : nouveau report de l'ouverture des restaurants.
Étape 2 : vague de suicides chez les restaurateurs.
Étape 3 : récupération de leurs congélateurs pour stocker les vaccins.
Si ça ne suffit pas, nous réquisitionnerons les Picard Surgelés. Comme vous le voyez, mon plan est imparable.

Pascal Praud

JE POSE LA QUESTION AU 3210

Jade : Bonjour, Pascal Praud. Dites-nous plutôt de quoi vous allez parler aujourd'hui dans *Les Auditeurs ont la parole* sur RTL.

Praud : Eh bien, justement, nous sommes le mercredi 6 janvier et aujourd'hui, on tire les rois. Est-ce fait exprès si les épidémies de gastro coïncident avec la tradition de la galette ? Je pose la question au 3210.

Jade : Une question cruciale…

Praud : Absolument, et j'en ai une autre. Une femme qui va chez le coiffeur aujourd'hui pour se faire une coupe à frange afin d'être sexy pour déguster la galette confond-elle « frangipane » et « frange à pine » ? J'attends vos réactions au 3210.

Une page de publicité avec Benjamin Castaldi

COMME J'AIME !

Castaldi : Bonjour, c'est Benjamin Castaldi, l'ancien animateur qui vit en couple avec sa perche à selfie. Pendant les fêtes, j'ai mangé de tout, comme j'aime, et j'ai pris 13 kilos. Les féculents et les graisses, ça marche vraiment. Mais mon partenaire minceur Comme J'aime n'est pas content et j'ai perdu 500 000 boules et ça, j'aime pas. Alors quand je ne suis pas chez Hanouna, je teste le nouveau régime Comme J'aime avec ma perche à selfie. Chez Comme J'aime, ils viennent de m'envoyer leurs suppositoires Comme J'aime, ça a l'air vraiment efficace. Alors y faut qu'je vous laisse…

(Bruit de chasse d'eau.)

Ah ! merde, trop tard !

Jean d'Ormesson

RETOUR VERS LE FUTUR

Jade : Thierry Ardisson est de retour sur le service public avec une émission dans laquelle il interviewera des personnalités disparues, ramenées à la vie grâce à des technologies numériques. Voici un extrait du prochain numéro.

Ardisson : Salut les dédés, salut les cédés, salut les décédés ! Ce soir pour ma nouvelle émission où je me prends pour Dieu, je rappelle sur Terre… Jean d'Ormesson !

D'Ormesson : Bonjour cher Thierryyyy… Je vois que vous êtes toujours habillé en noir !

Ardisson : Alors là je t'arrête tout de suite mon Jean-Do, on est en 2021, on ne dit plus noir, on dit « racisé ».

D'Ormesson : Racisé ? Comme c'est étraaânge… Et l'Académie française a laissé passer çaaaâ ?

Ardisson : Ouais… Ouais… Ouais… Enfin non, mais tu sais, en 2021, c'est plus les vieux mâles blancs de l'Académie française qui décident des mots qu'on peut utiliser, c'est les étudiant.es décolonialistes en études de genres à la fac de Nanterre.

D'Ormesson : En études de gennnnres ? Mais qu'y a-t-il donc comme genres à étudier à part les hommes et les femmes ?

Ardisson : Houlala ! attention à ne pas invisibiliser les hommes menstrués et les femmes testiculées, j'ai pas envie de me prendre un blâme pour transphobie par le CSA.

D'Ormesson : N'en prenez pas offense mon cher Thierryyyy, mais je ne comprends rien à ce que vous racontez ! Si c'est ainsi que l'on s'exprime en 2021, je ne suis pas mécontent d'avoir quitté le monde des hommes !

Ardisson : Le monde des hommes ET des femmes, attention mon Jean-Do, on est en 2021, c'est fini le patriarcat, j'ai pas envie de me faire shitstormer par Caroline de Haas sur Twitter !

D'Ormesson : Soit. Je vous laisse, cher Thierry. Je retourne à ma partie de Scrabble avec Alain Decaux et Michel Serres. Notre conversation m'a donné une idée : je vais placer « abêtissement » en mot compte triple.

Renaud

COVID POCHES

Jade : Parmi les traditions agréables de la rentrée de janvier, il y a bien sûr les échanges de bons vœux. Bonne année, Renaud ! Qu'est-ce qu'il faut espérer en 2021 selon vous ?

Renaud : Ben déjà, 2 000 vins, ça faisait beaucoup alors faut espérer que 2 000 vins et UN en plus, ce sera pas le vin de trop. Vous savez, celui qui fait tout déborder dans le caniveau…

Jade : Parlons plutôt chansons, des projets ?

Renaud : Ben, après le succès de ♫ *Coronavirus, connard de virus* ♫… je prépare une autre chanson un p'tit peu beaucoup engagée qui va s'appeler « Covid ordure » :

♫ Covid ordure, t'as encore muté,
Covid ordure, laisse-nous respirer… ♫

Patrick Balkany

CALOMNIE !

Jade : L'ancien gendre de Patrick Balkany a été mis en examen pour recel, abus de biens sociaux et blanchiment aggravé dans l'enquête concernant la société levalloisienne SEMARELP.

Balkany : Mensonge !

Jade : Bonjour monsieur Balkany. Votre fille a également été placée sous le statut de témoin assisté dans cette affaire…

Balkany : Je sais ! Ils ont décidé d'emmerder toute la famille ! Après mon gendre et ma fille, vous allez voir qu'ils vont s'en prendre à ma nièce !

Jade : Quelle nièce ?

Balkany : Léa Balkany, ma nièce de 6 ans, la comptable de la SEMARELP.

Jade : Comptable à 6 ans, c'est un peu suspect…

Balkany : Diffamation ! Chez les Balkany, on est précoces ! La preuve, mon neveu Kevin Balkany est déjà à la tête de sa propre société alors qu'il a seulement 12 ans.

Jade : Quelle société ?

Balkany : Allô Teuchi. Livraison 7 jours sur 7 sur Levallois et environs.

Jade : Euh… c'est bien légal tout ça ?

Balkany : Et pourquoi ce serait pas légal ? C'est pas parce qu'un Balkany monte une affaire qu'elle est forcément illégale ! C'est comme le restaurant de mon cousin, Hervé Balkany !

Jade : Quel restaurant ?

Balkany : Pizza-Pute, un restaurant où on peut consommer des pizzas et des putes, une excellente adresse à Levallois ! J'y étais encore hier soir, j'ai pris une Margarita-Turlutte, je me suis régalé. Et vous allez voir que les juges vont trouver à redire !

Jade : Pardon de vous contredire encore, mais en effet, on est à la limite de l'illégalité…

Balkany : Calomnie !

Guy Lux et Léon Zitrone

L'EUROVISION DES VACCINS

Jade : En nombre de personnes vaccinées, notre pays reste très en retard sur ses voisins européens. Nous avons imaginé l'Eurovision des vaccins, animée par les papes du divertissement, les regrettés Guy Lux et Léon Zitrone.

Guy Lux : Eh bien, bonsoir ! Bienvenue à cette Eurovision des vaccins... On croit très fort au candidat français, Olivier Véran... Il a un CV de médecin, mon vieux, qu'est plus long que la liste de courses de ma femme...

D'ailleurs je profite du direct pour faire passer un message : Paulette, je ramène à bouffer ce soir... J'ai mis des petits fours qui traînaient dans un pochon et j'ai piqué une bouteille de mousseux, on va se faire une petite bombe à la maison... alors fais péter les bigoudis, après les œufs de lump, j'te ferai péter autre chose ! Mais j'aperçois sur mon récepteur Téléfunken quatre couleurs mon Léon qui s'agite... C'est à vous Léon !

Zitrone : Guy ! Guy Lux ! Des résidents d'un EHPAD qui réclament des vaccins mais n'en ont pas viennent de s'en prendre à moi... J'ai reçu un coup de canne... Ils m'ont cassé mes lunettes !

Guy Lux : Demandez celles de Jean Castex, mon cher Léon, il a dû les retrouver depuis l'autre jour... Sinon on lui offrira une chaînette, il aura l'air d'un con, mais ça changera pas beaucoup de d'habitude.

On va faire le point avec Simone Garnier... Salutation à Fernandao le coiffeur-visagiste de Marlène Schiappa qui s'est occupé du lissage brésilien de notre Simone... Vous êtes très en beauté, ma chère Simone !

Simone : Merci Guy ! Vous aussi, même si c'est plus synthétique... D'après un sondage Ipsos tartare, la cote de confiance d'Olivier Véran s'effondre.

Guy Lux : On va voir ce qu'on va voir... Retrouvons Generano au SVP 11 11 Balzac 32... Alors, Gennaro, on en est où sur les scores du nombre de vaccinés ?

Gennaro : Royaume-Uni : 500 000... *United Kingdom : five hundred thousand*... Israël : un million... *Israël : one million*... France : deux... *France : two*...

Guy Lux : Comment ça deux ? Deux millions ?

Gennaro : Non… Deux… Deux personnes vaccinées ! Il s'agit de Robert et Bernadette de la maison de retraite des Œillets joyeux.

Guy Lux : Ce qui est bien, c'est qu'en France on connaît tous les vaccinés par leur prénom… Bon ben, on n'est pas près de gagner… La prochaine fois, on nommera Marie Myriam au ministère de la Santé… Comme un enfant aux yeux de lumière qui voit passer au loin les oiseaux… Bah, nous c'est les vaccins qu'on voit passer au loin… À vous Cognacq-Jay, à moi les urgences !

FLASH INFO

UN COMMUNIQUÉ DU MINISTÈRE DE LA SANTÉ

LES OBJECTIFS DE VACCINATION POUR LES PROCHAINS MOIS

Olivier Véran : Notre premier objectif est de vacciner les plus de 75 ans avant la fin du mois, y compris ceux qui ne vivent pas dans les EHPAD. Papy et Mamie pourront donc enfin sortir de la cuisine dès février.

• Ensuite, nous vaccinerons en priorité les personnels en contact avec les personnes vulnérables, à savoir : les aides à domicile, les infirmières, les pompiers, et les toiletteuses de caniches.

• Le caniche étant l'animal préféré des personnes âgées, il nous a semblé important de vacciner les employés de Beauty Dog, Toutou Coiff, Sexy Ouaf Ouaf et autres établissements où nos anciens sont amenés à se rendre pour toiletter leurs compagnons à quatre pattes.

• Pour les Français qui restent, j'ai décidé de créer la Française des vaccins, qui fonctionnera comme la Française des jeux. Puisque le pourcentage de chances d'être vacciné en 2021 est comparable à celui de gagner au loto, c'est ce qui m'a semblé le plus pertinent.

L'ANNÉE MITTERRAND

Jade : 2021 sera une année Mitterrand avec notamment le 40e anniversaire de son accession au pouvoir. L'occasion de faire un tour d'horizon de son héritage. Commençons en imaginant comment le président Mitterrand aurait communiqué sur la crise sanitaire que nous traversons.

Mitterrand : Mes chers compatriotes, la France traverse une période un peu particulière, j'en suis bien conscient. Certains d'entre vous, comme Carole Bouquet, sont inquiets, je le sais puisque je les écoute. Mais, je vous le dis les yeux dans les yeux : n'écoutez pas les Cassandre qui vous disent que ça va mal. Les Forces de progrès sont en marche et elles terrasseront le virus comme nous avons vaincu le chômage et les inégalités.

J'ai confié la sécurité des vaccins à Laurent Fabius et à Georgina Dufoix. Vous pouvez y aller, ils ont tous été chauffés par la Croix-Rouge. J'ai aussi demandé aux artistes de gauche de faire un disque contre la pandémie autour de Barbara, Harlem Désir et Michel Piccoli. Tous les bénéfices iront à l'Institut de recherche contre le coronavirus de Jacques Crozemarie.

Quant à moi, comme vous pouvez le voir, je vais de mieux en mieux. J'ai été vacciné contre la mort par mon médecin, le bon docteur Gubler : je ne vous abandonnerai pas. Et puis surtout, Élizabeth Tessier, la voyante qui lit dans mes boules, est formelle : le virus disparaîtra si vous votez socialiste aux régionales. Vive la République, vive la France !

Jade : Bonjour Jack Lang.

Jack Lang : Check du coude, les cousins ! Cette année dédiée au président Mitterrand me requinque, me rajeunit, me rebooste !

Jade : C'est vrai que vous avez été un fidèle compagnon de route du président Mitterrand.

Jack : Et comment donc, Akhénaton ! L'année Mitterrand, c'est bibi ! Souvenez-vous, il y a 40 ans, quand nous sommes passés de l'ombre à la lumière, c'est moi qui tenais la lampe. Je portais des chemises à col Mao qui faisaient hurler d'horreur Catherine Ney. C'était chié, non ? Devant la bronca, j'ai dû passer aux chemises à carreaux Vichy et aux excellents costumes Smalto. Et ensuite, mes deux septennats ne furent qu'un feu d'artifice d'idées nouvelles.

Jade : D'idées de quoi, au juste ?

Jack : Mais d'idées de fêtes, Bernadette ! La Fête du livre, la Fête de la poésie, la Fête des voisins, la Fête du cinéma, la Fête de la musique, la Fête à Neuneu, la Fête du slip…

Jade : D'accord, pas la peine de toutes nous les rappeler.

Jack : C'est pourquoi, il faut que cette année Mitterrand soit une année méga-festive.

Jade : Ça a l'air plutôt mal parti, vu la situation sanitaire.

Jack : Mais enfin, pourquoi ne pas organiser une Fête de la blouse pour les soignants, une Vaccin parade dans les EHPAD ou une Chloroquine Pride à Marseille. Un peu d'audace, merde !

Rambo

NOUVEAU RÉGIME

Jade : La cérémonie d'investiture du nouveau président des États-Unis aura lieu aujourd'hui à Washington. L'administration Trump devient donc l'administration Biden. Faisons le point avec l'un de ses membres, John Rambo.

Rambo : Doucement, petite grenouille ! Tu m'as réveillé…

Jade : C'est vrai qu'il fait encore nuit chez vous…

Rambo : C'est pas ça ! Mais j'ai été obligé de me mettre à mon nouveau régime, le régime Biden : infusion à la camomille matin, midi et soir… Avant avec Donald, on carburait au coca et au Red Bull toute la journée ! Avec Sleepy Joe, faut carrément que je me mette des allumettes dans les yeux pour pas piquer du nez…

Jade : C'est le seul changement notable ?

Rambo : Non, y a pas que ça… Le programme télé aussi, il a changé à la Maison-Blanche. Avec Donald, c'était Fox News en boucle toute la journée avec des infos qui font peur, c'était bien… Avec Joe, on est obligés de mater la version ricaine des *Chiffres et des lettres*… On se fait chier.

Jade : C'est sûr, ce n'est pas la même ambiance…

Rambo : Avec Donald, on savait s'amuser. Quand on avait bien travaillé à regarder les infos qui font peur de Fox News, pour se détendre, on se passait des films de guerre avec des grands blonds qui transforment des petits niakoués en rouleaux de printemps. Joe, à tous les coups, il va nous mettre des comédies romantiques à la con !

Jade : Le plus important, c'est la politique.

Rambo : M'en parle pas, c'est une catastrophe. Avec Donald, politiquement, on voyait grand : on construisait un mur immense pour éviter que les bouffeurs de tacos viennent manger le hamburger des bons Américains… Pour le vieux Joe, les seuls grands travaux qu'on a lancés, c'est l'installation de sa baignoire à porte et de son monte-escalier…

Jade : Et vous avez des nouvelles de Donald Trump ?

Rambo : Me parle pas de ça, petite grenouille, tu vas me faire pleurer comme une fillette !

Jade : Racontez-nous, John Rambo, ça vous fera du bien…
Rambo : Depuis que Twitter lui a fermé son compte, mon pauvre Donald, il est tout désœuvré… Alors à la place, on lui a installé Candy Crush sur son iPhone, mais il arrive pas à passer le niveau 1… Voir mon Donald buter sur le niveau 1 de Candy Crush, c'est affreux, j'arrive pas à me sortir ça de la tête !

Une page de publicité avec Benjamin Castaldi

« COMME J'AIME ! »

Castaldi : Bonjour, c'est Benjamin Castaldi, l'ancien animateur qui vit confiné avec sa perche à selfie. Cette semaine, je me suis mis sérieusement au régime Comme J'aime avec que du riz et des carottes bouillies. Résultat : je suis hyperconstipé et j'ai pris 5 kilos.
Mais mon partenaire minceur Comme J'aime n'est pas content car on dirait que j'en suis à huit mois de grossesse. Et moi, à force de pousser, j'ai des hémorroïdes et le postérieur comme un chou-fleur vapeur et je risque de perdre les 500 000 boules des spots Comme J'aime.
Heureusement, chez Comme J'aime, ils m'ont envoyé la pommade Comme J'aime. Essayez-la gratuitement pendant une semaine, ça soulage vraiment. Et maintenant, quand je suis assis sur le plateau d'Hanouna, je me tortille plus sur ma chaise. D'ailleurs, y faut qu'je vous laisse, j'ai une grosse commission à faire… *(Bruit de chasse d'eau.)*
Merci Comme J'aime !

Jade : Olivier Véran a assuré sur TF1 que tous les Français pourront être vaccinés fin août. Pourtant, quelques heures plus tôt, devant le Sénat, il estimait qu'ils ne seraient que 15 millions à pouvoir être vaccinés d'ici l'été…

Castex : Vous chipotez, mademoiselle Jade, vous chipotez ! On n'est pas à 50 millions près !

Jade : Ce n'est pas tout à fait la même chose quand même…

Castex : La situation est sous contrôle. Je répète… La situation est sous contrôle…

Jade : Vous êtes sûr, Jean Castex ?

Castex : Ici Radio Castex, le Premier ministre parle aux Français… Les carottes sont cuites. Je répète… Les carottes sont cuites…

Jade : Qu'est-ce que vous racontez ?

Castex : Tout va très bien, madame la marquise… Je répète… Tout va très bien !

Jade : Vous perdez la boule !

Castex : Mauricette a eu sa dose… Je répète… Mauricette a eu sa dose !

Jade : Bon, on vous laisse…

Jacques Chirac

MES CHERS COMPATRIOTES...

Jade : Décidément, la communication autour de la pandémie de Covid semble poser des problèmes à l'exécutif. Nous avons imaginé comment le président Jacques Chirac se serait adressé aux Français en cette période troublée.

Chirac : Mes chers compatriotes, notre pays, la France, est à un tournant. Un virus mis-ze au point par une puissance étrangère qui ne boit pas de vin et dont la bière, il faut bien le dire, est fadasse, nous a contraints à fermer les bistrots. Je vous le dis en conscience : c'est-te intolérable. Nous ne nous laisserons pas-ze intimider.

C'est pourquoi-ze, au nom des pouvoirs qui me sont conféré-zes et afin d'éradiquer définitivement le virus, j'ai décidé de reprendre les essais nucléaires à Mururoa.

Au sujet-te de l'épidémie qui frappe nos pépés et nos mémés, j'ai demandé-ze au ministre de la Santé, le docteur Mattei, un plan de prévention. Il a aussitôt changé de polo et a interrompu ses vacances. C'est pourquoi-ze, dès qu'ils seront vaccinés, tous les pensionnaires des EHPAD pourront refaire du ski comme avant.

N'écoutez donc pas les élucubrations abracadabrantesques de ceux qui vous disent que nos vaccins sont aussi fictifs que les emplois à la mairie de Paris.

D'ailleurs, les premiers vaccinés ont été les plus fragiles... Je veux parler des électeurs de Jean Tiberi au Père-Lachaise.

Par ailleurs, après consultation de mon chien Sumo et de ma femme Bernadette, et afin d'assurer une majorité stable à mon ami le Premier ministre Alain Juppé-ze, j'ai décidé de dissoudre l'Assemblée nationale.

Mes chers compatriotes, je vous le promet-tes, avant le premier mai, jour de la Sainte-Mireille-d'Arc, nous nous en jetterons un derrière la cravate !

Vive la République, vive la France !

JEAN-MARIE LE PEN SE MARIE !

Jade : Jean-Marie Le Pen s'est marié, à 92 ans, la semaine dernière avec Jany, sa compagne de longue date. Bonjour monsieur Le Pen, et félicitations.

Le Pen : Danke schön, Fräulein Jade ! Le souvenir encore frais de cette union célébrée dans mon salon, en latin, par l'abbé Laguérie, me donne la larme à mon œil, n'est-ce pas !

Jade : Vous étiez déjà marié civilement. Pourquoi avoir renouvelé vos vœux devant Dieu cette fois ?

Le Pen : Voyez-vous, je suis un romantique… Il fallait donc que je renouvelasse mes vœux d'amour et de fidélité à ma Jany…

Jade : C'est beau…

Le Pen : Jawohl ! Le moment où j'ai redemandé la main (bien tendue !) à ma Jany pourrait figurer au panthéon des scènes mélo-nottinghillo-cinématographico-romantiques avec moi dans le rôle de Hugh Grant, le rosbif méchu, et ma Jany dans celui de Julia Roberts… Celle qui en a de beaux…

Jade : Racontez-nous plutôt…

Le Pen : Ma Jany souhaitait que nous promenassions notre doberman, Benito, dans le parc de Montretout… Voyez-vous, notre aimable compagnon à quatre pattes n'est plus tout jeune et sa prostate lui fait défaut, comme elle le fit au président socialo-bolchévico-gaucho-caviardesque MittRand ! Mais je m'égare… Benito, donc, allait d'un chêne à glands à l'autre, agitant le sien, afin de soulager sa vessie défaillante. Il tirait sur la laisse, le bougre !

Jade : Et alors ?

Le Pen : Et alors, moi qui étais à l'autre bout (je parle de la laisse, n'est-ce pas) je chancelai et me retrouvai à genoux devant ma Jany dont le sourire Stéradent me fit fondre… Profitant de ma position chevaleresque, je fis ma demande, tandis que Benito finissait d'arroser le peuplier.

Jade : C'est magnifique… Et la cérémonie en elle-même ?

Le Pen : Après la bénédiction en latin de l'abbé Laguérie, nous sommes passés aux choses sérieuses… La fête proprement dite ! Une surpatte du tonnerre !

Jade : Vous avez mis de la musique et vous avez dansé ?

Le Pen : Oui… Lorrain de Sainte-Afrique, notre DJ a passé tous les disques de ma collection de musique militaire teutonne ! Puis, avec Jany, sacrifiant à la tradition, n'est-ce pas, nous avons pris la route de notre voyage de noces dans un fracas métallique à réveiller les morts !

Jade : Les invités avaient accroché des boîtes de conserve à votre voiture ?

Le Pen : Nein ! Des casques à pointe !

FLASH INFO

UN COMMUNIQUÉ DU MINISTÈRE DE LA SANTÉ

LES BONNES NOUVELLES DE LA VACCINATION

Olivier Véran : Grâce à la pénurie de vaccins, les gens qui appellent les centres de vaccination tombent sur les musiques d'attente des répondeurs. Résultat : *Les Quatre Saisons* de Vivaldi vient de détrôner le dernier album d'Aya Nakamura au hit-parade de la musique la plus écoutée en France. Vous pourriez me remercier.

Autre bonne nouvelle : si vous vous inscrivez pour vous faire vacciner, vous en avez pour plus de 75 ans d'attente. C'est conforme à ce que j'avais annoncé !

Nicolas Sarkozy

NOUVELLES RÉVÉLATIONS

Jade : Le parquet national financier vient d'ouvrir une nouvelle enquête visant Nicolas Sarkozy pour trafic d'influence auprès d'un groupe d'assurances russe. Bonjour Nicolas Sarkozy. Comment vivez-vous cet énième tracas judiciaire ?

Sarko : Attendez, attendez, j'ai mon classeur avec la liste des affaires judiciaires que je suis impliqué dedans, faut pas que j'me mélange, hein. Alors là, c'est sur quoi que vous m'interrogez au sujet de ?

Jade : Sur l'enquête ouverte pour des conseils que vous donnez à une compagnie d'assurances en Russie.

Sarko : D'accord, alors, voyons les affaires que j'suis poursuivi dedans à la lettre R... R... R... Rappel de cotisations, Refus de priorité à droite, Renvoi d'ascenseur, Raccourcissement des moustaches à Edwy Plénel... Ah ! voilà : Russie ! Allez-y, je vous écoute.

Jade : Eh bien, selon les révélations de Mediapart, on enquête sur vous parce que vous avez conseillé pour leur compagnie d'assurances deux frères russes, Serguey et Nikolay Sarkisov.

Sarko : Non mais, attendez, j'vous arrête tout de suite. Non mais soyons sérieux, mademoiselle Jade, moi, Nicolas Sarkozy, j'aurais conseillé un certain Nikolay Sarkisov ? Nikolay Sarkizov ? Et pourquoi pas Nikolavitch Sarkovitchy et puis pourquoi pas aussi sa femme pendant qu'on y est : Carlavitska Bruniskaia qui chante « Y a quelqu'unski qui m'a diski kalinkakalin » ? Non, mais tout ça, vous voyez bien que c'est du goulash de médisance avec des bouts de vengeance de magistrats dedans.

Jade : On parle pourtant d'honoraires importants que vous auriez touchés pour aider les frères Sarkizov.

Sarko : Mais les frères Karamazov, si y trouvent que je suis trop cher, y z'ont qu'à demander un devis à la MATMUT... ich, ich, ich... Non mais, vous voyez, mademoiselle Jade, c'qui me désole, c'est que pendant qu'on parle de mes affaires en Russie, on dit pas comme quoi que mon livre, *Le Temps des tempêtes*, il est numéro 1.

Jade : Ah non ! désolée de vous contredire, mais il y a un petit moment que vous n'êtes plus numéro 1.

Sarko : Et les livres audio ? Qu'est-ce que vous en faites ? C'est fait pour les sourds, les livres audio ? Eh ben *Le Temps des tempêtes*, lu par André Dussolier qui fait des bruits de bouche, il est numéro 1 et j'vous garantis que ça déménage. C'est bien simple, je vais l'envoyer au parquet financier. Vu qu'y passent leur temps à m'écouter, ça devrait pas trop les changer… ich, ich, ich…

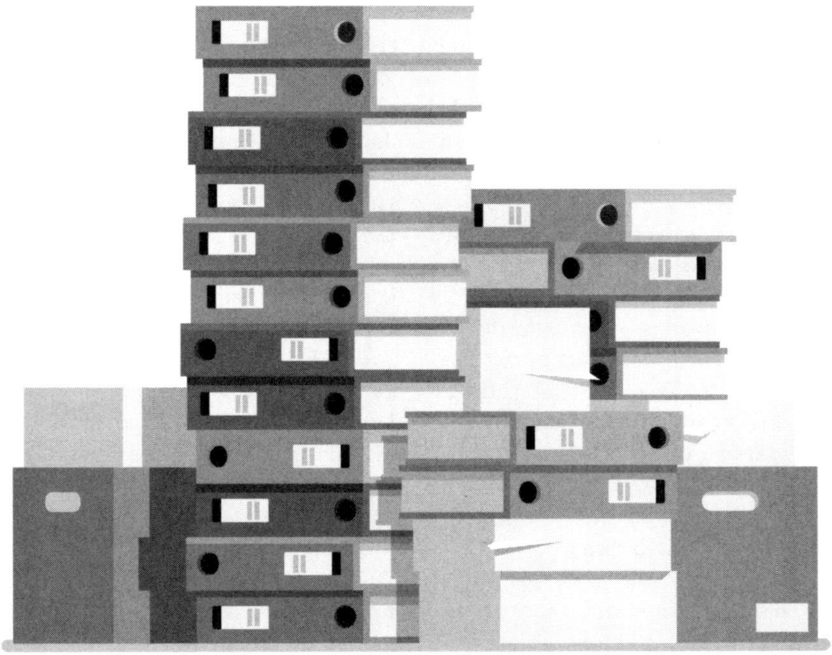

Line Renaud

LA TOTALE !

Jade : Line Renaud a posté une vidéo sur les réseaux sociaux où elle indique avoir été vaccinée. Bonjour Line…

Line : Allô, Radio Télévision Luxembourg ? C'est Line Renaud ! Vous direz à Max Ménier que j'arrive plus à l'capter sur ma cibi !

Jade : Promis… Parlez-nous plutôt de cette vaccination…

Line : J'ai pas lésiné ! J'ai pris la totale ! Covid, scorbut, choléra et typhus ! Un cocktail du tonnerre !

Jade : Vous avez indiqué ne pas avoir subi d'effets secondaires…

Line : À vous, je peux le dire… J'ai menti ! Mais c'était pour pas faire de jalouses ! Sinon, j'en aurais entendu parler pendant des jours au bac à cheveux ou sous les casques chauffants de mon Jacques Dessange !

Jade : C'est-à-dire ?

Line : Je sais pas ce qu'ils mettent dans leur vaccin chez Fizère, mais c'est du brutal ! Depuis que je me suis fait piquer, j'ai une pêche d'enfer ! Je viens de monter une étagère Ikéa en 27 secondes et sans le mode d'emploi ! J'ai même pas utilisé ma Panhard pour la ramener chez moi. J'ai fait Vélizy 2-Paris XVIe avec les cartons sur le dos en douze minutes !

Jade : Il était peut-être un peu trop dosé, ce vaccin, non ?

Line : Bon, j'vous laisse. Y a Régine qui sonne à la porte ! Elle a mis son boa, j'ai enfilé ma combinaison lamée, on va aller draguer des p'tits gars en boîte !

Jade : En tout cas, merci pour ce message d'espoir…

Line : Vous direz à Emmanuel Macron que les vieux le remercient, il s'occupe bien de nous ! Quant aux jeunes de 20 ans, moi je leur dis : soyez patients, dans 70 ans, vous pourrez commencer à profiter d'la vie ! D'ici là, respectez les gestes barrières !

FÉVRIER

La question des vaccins

La valse des variants

Les indignations de Camélia Jordana

Les créations de Culturebox

Le rassemblement de la Gauche

Les communiqués du ministère de la Santé

Pierre Bellemare

TÉLÉ-ACHAT SPÉCIAL VACCINS

Jade : C'est peu de dire qu'une certaine confusion règne au sujet de l'efficacité des différents vaccins anti-Covid. Nous avons imaginé comment le roi du télé-achat aurait su trouver les mots pour nous rassurer. Retrouvons l'inoubliable Pierre Bellemare et sa complice Maryse.

Bellemare : Eh bien ! bonjour à toutes, bonjour à tous et bonjour Maryse. Aujourd'hui, un télé-achat exceptionnel, puisque nous avons sélectionné un magnifique lot de vaccins.

Maryse : Quel est le premier vaccin, Pierre ?

Bellemare : Eh bien ! ma chère Maryse, il s'agit du vaccin Pfizer-Bio-N-Tech présenté dans sa magnifique trousse isotherme qui résiste, Maryse, à −80 degrés, très pratique pour transporter un doigt coupé ou le rosé du pique-nique.

Maryse : D'accord et comment fonctionne-t-il, Pierre ? Bien ?

Bellemare : Il fonctionne très bien, ma chère Maryse, avec 97 % de protection ! C'est énorme, mais on me signale en régie qu'il n'y en a plus. Il est épuisé. Mais heureusement, j'ai ici le vaccin Moderna dans sa double dosette ergonomique, très pratique.

Maryse : Et il marche aussi bien, Pierre ?

Bellemare : Il marche à 94 % ! Et il vous offre non pas un, non pas deux, mais trois mois de protection contre le virus !

Maryse : Et ensuite ?

Bellemare : Ensuite, ma chère Maryse, vous vous démerdez pour le refaire ! Mais voici maintenant notre coup de cœur du jour : un lot de cinq vaccins, j'ai bien dit cinq vaccins d'un coup. Dans ce lot exceptionnel, il y a un vaccin AstraZeneca qui offre 12 % de protection aux plus de 65 ans, un vaccin chinois Sinopharm avec une femme à poil au fond de la seringue, un vaccin russe le Spoutnik qui brille dans le noir, un vaccin Sanofi à faire soi-même et un vaccin Pasteur garanti sans aucun effet secondaire et même sans aucun effet du tout, ma chère Maryse !

Maryse : C'est drôlement tentant, Pierre. Et combien coûte ce lot exceptionnel ?

Bellemare : 595 francs !

Une page de publicité avec Benjamin Castaldi

COMME J'AIME !

Castaldi : Bonjour, c'est Benjamin Castaldi, l'ancien animateur qui vit confiné avec sa perche à selfie. Aujourd'hui c'est la Chandeleur, la journée des crêpes. Et moi, j'adore ça les crêpes ! Surtout les complètes jambon-œuf-fromage-saucisse de Morteau avec supplément patates, je peux m'en enfiler dix d'affilée. Et après j'enchaîne avec dix crêpes au Nutella, et pour pas gâcher je finis le pot du Nutella à la petite cuillère.

Sauf que ça, cette année, j'ai pas le droit de le faire, sinon je vais grossir et mon partenaire minceur Comme J'aime va pas être content et va pas me payer les 500 000 boules de mon contrat. Mais j'ai trouvé le truc.

Si, comme moi, vous voulez manger plein de crêpes sans grossir, c'est pas compliqué, il suffit de rajouter un litre d'huile de paraffine dans la pâte à crêpe. Comme ça vos crêpes, elles passeront directement de votre bouche à vos toilettes, et vous pourrez en manger autant que vous voulez. Là, par exemple, je viens d'en manger 50, et faut que je vous laisse, c'est en train de faire effet.

(Bruit de chasse d'eau.)

Merci Comme J'aime !

Fabrice Luchini

CAMÉLIA JORDANA

Jade : Bonjour Fabrice Luchini. Quel bon vent vous amène ?

Luchini : Simone de Beauvoir a dit, écoute bien, la Jade, ça te concerne grave : « La femme est tout ce que l'homme appelle et tout ce qu'il n'atteint pas. » Tu vois qui c'est, Simone de Beauvoir, la régulière à Sartre, le turban dans les cheveux, les lunettes de libraire, le *Flore*, elle y va carrément la Simone : « La femme est tout ce que l'homme appelle… », c'est énorme !

Jade : En tout cas, c'est gentil pour les femmes. Mais qu'est-ce qui vous prend de citer du Simone de Beauvoir, Fabrice ?

Luchini : Attends, j'ai aussi du Louise Michel, du Colette, de l'Olympe de Gouges, j'ai aussi de La Goulue, tu vois qui c'est, La Goulue ? C'est la meuf qui, pour protester contre le Code civil qui voulait que les femmes soient toujours accompagnées d'un mâle, venait au Moulin Rouge avec un bouc en laisse. Magnifique, La Goulue, j'adore ! Bon, sinon, plus modernes mais aussi plus chiantes, j'ai du Élisabeth Badinter, du Benoîte Groult, du Françoise Giroud, du Sylviane Agacinski…

Jade : D'accord, inutile de nous faire la liste de toutes les féministes que vous lisez en ce moment, mais pourquoi cet engouement soudain, Fabrice ?

Luchini : Tu vois, la Jade, comme je m'emmerde un peu en attendant la reprise, j'ai lu une flopée d'interviews de Camélia Jordana. Tu la situes, la Camélia ? Troisième à la Nouvelle Star 2009, des petits albums qui marchotent, quelques films pour faire plaisir à *Télérama*, une carrière à la Vanessa Paradis mais sans Gainsbourg et sans les States. Et là, tout à coup, en pleine promo, le coup de génie ! Après Simone, Benoîte, Colette, Olympe… Camélia nous parle de la condition des femmes. Écoute ça, la Jade, c'est authentique : « Si j'étais un homme, je demanderais pardon. Les hommes blancs sont dans l'inconscient collectif responsables de tous les maux de la Terre. »

Jade : Une déclaration qui a été dénoncée par la LICRA et des féministes historiques.

Luchini : Ouais ! mais tu vois, elle s'en fout, des vieilles. Son truc, à

Camélia, c'est l'inconscient collectif. Donc pendant le confinement, si t'as envie de savoir ce qu'il y a dans l'inconscient collectif, t'embête pas avec les bouquins, écoute du Camélia Jordana… Tu sais, la Jade, Camus a dit une phrase très belle : « Y a une seule chose qui insiste, c'est la bêtise », et Cocteau ajoutait : « Et le pire c'est qu'aujourd'hui la bêtise pense »…

FLASH INFO

UN COMMUNIQUÉ DU **MINISTÈRE DE LA SANTÉ**

PAS DE RECONFINEMENT AU MENU

Olivier Véran : Je répète partout depuis quinze jours que la situation est grave et qu'il faut reconfiner. Résultat, le président se contente de fermer les frontières. Mon avis ne compte pas beaucoup pour un ministre…
Jade : Roooh ! mais non, faut pas voir les choses comme ça… Parlez-nous plutôt des mesures anti-Covid, ça intéressera les gens.
Véran : Mais non ! Tout le monde se fout de ce que je dis ! Ça fait un an que je raconte qu'il faut éternuer dans sa manche, résultat, le variant anglais traverse la Manche. Même le virus fait comme si je n'existais pas !

Rambo

NOUVELLE ADMINISTRATION

Jade : Les premiers pas de Joe Biden à la Maison-Blanche confirment qu'il ne sera pas un nouveau Donald Trump. Ainsi, le nouveau président américain a annoncé qu'il allait organiser un sommet mondial sur le climat en avril. Faisons le point avec l'un des personnages influents de l'administration américaine, John Rambo.

Rambo : T'as raison, Sleepy Joe, c'est vraiment pas le même style que Donald. Avec Donald, on se marrait en organisant des bras de fer avec Kung-fu Panda, le gros Coréen qui est coiffé comme un balai à chiotte. C'était la fête, y avait de la guerre atomique dans l'air… Joe, lui, qu'est-ce qu'il nous organise ? Une réunion avec des écolos en sarouel qui mangent des graines. C'est un cauchemar…

Jade : Le réchauffement climatique, c'est important quand même…

Rambo : Me fais pas marrer, p'tite grenouille, tu vas me faire péter mes cicatrices… Tu crois vraiment que c'est Joe le Dormeur qui va réduire le réchauffement climatique ? Tu sais pas comment ça vit, un vieillard… Toujours un plaid sur les genoux et une lampe chauffante dans la gueule. Pourquoi tu crois qu'il a la tronche toastée comme une biscotte Heudebert ?

Jade : Il y a aussi la décision de Joe Biden de réintégrer les personnes transgenres dans l'armée américaine…

Rambo : C'est pas avec Zaza Napoli qu'on va être la première puissance militaire du monde ! Quand on fait la guerre, on fait pas du tricot… Et puis me parle pas de ces trucs de transgenre, ça me rappelle un mauvais souvenir que j'arrive pas à me sortir de la tête !

Jade : Racontez-nous, John Rambo, ça vous fera du bien…

Rambo : Avec mon pote Bobby, on était sur notre base, pépères, à attendre de transformer des

niakoués en rouleaux de printemps… Et mon pote Bobby, faut que tu saches qu'il avait l'habitude de se balader toujours à poil. À un moment, on était dans la cuisine, j'avais envie de me faire un hot dog. Et y a eu une panne d'électricité à cause d'un bombardement des faces de citron. Mais j'avais trop faim, alors j'ai pris mon couteau et j'ai coupé la saucisse… sauf que c'était pas une saucisse que j'avais dans la main, c'était la zigounette à mon pote Bobby !…. Maintenant, Bobby, il s'appelle Jacqueline, j'arrive pas à m'sortir ça d'la tête, colonel !

Jade : Je comprends… Et qu'est devenu votre pote Bobby ou plutôt Jacqueline ?

Rambo : Il est devenu premier conseiller militaire en chef de Joe Biden… Alors que moi, je suis bon pour préparer des bols de quinoa à des écolos !

FLASH INFO

UN COMMUNIQUÉ DU MINISTÈRE DE LA SANTÉ

NOUVELLES MESURES ANTI-COVID

Olivier Véran : Obligation pour tous les écoliers de rester chez eux à remplir des cahiers de vacances. Chaque jour, ils devront résoudre un problème mathématique. Par exemple aujourd'hui, je vous lis l'énoncé du problème : « Si un restaurateur sur deux se suicide avant la généralisation des vaccins, combien en restera-t-il de vivants en 2050, sachant que la France compte 200 000 restaurants et que nous vaccinons deux Français par jour ? » Vous voyez, c'est ludique…

Je vais aussi présenter une mesure très positive pour les skieurs qui ne peuvent pas skier à cause de la fermeture des stations… Je pense que ça les rendra heureux : aller se faire voir ailleurs si j'y suis avec un coton-tige dans le pif… Vous voyez, je ne suis pas le « tue-la-joie » qu'on décrit !

François Hollande

GENTLEMAN

Jade : Dans les pages de son livre *Les Visiteurs du soir*, Renaud Revel raconte que Brigitte Macron nourrit beaucoup de rancœur à l'encontre de François Hollande, qui en privé l'appelle « la vieille ». Bonjour monsieur Hollande.

Hollande : Bonjour… C'est pour ça que vous m'avez invité ? Je croyais que c'était pour parler des présidentielles de 2022… Je suis embarrassé…

Jade : C'est quand même très indélicat de votre part…

Hollande : Rooôh ! mais non, faut pas le voir comme ça ! C'est un compliment dans ma bouche. La vieillesse, c'est le recul, la maturité… L'avorton a beaucoup de chance de l'avoir pour épouse.

Jade : L'avorton ?! Mais quel manque de respect…

Hollande : Rooôh ! mais enfin, c'est affectueux, l'avorton ! C'est un clin d'œil à son âge. C'est rare, à seulement 40 ans, d'être élu président. Même le nabot, il aura dû attendre ses 50 ans pour être élu en 2007.

Jade : C'est pas très gentil pour Nicolas Sarkozy, ça…

Hollande : Rooôh ! mais c'est pour rire ! Et puis le fait d'être un nabot, ça ne l'a pas empêché de séduire la grande girafe. C'est qu'elle est bien carrossée la spaghetti…

Jade : Mais quel manque de délicatesse ! Je suis choquée… En même temps depuis l'affaire des « sans-dents », on était au courant…

Hollande : Ah ! non, mais les « sans-dents », c'est pas pareil ! Là j'avoue, j'ai été indélicat. C'était pas gentil pour les blaireaux.

Jean-Pierre Foucault

QUI VEUT GAGNER DES VACCINS ?

Foucault : Bonsoir à toutes et à tous, et bienvenue dans *Qui veut gagner des vaccins*, avec aujourd'hui un ministre de la Santé qui aimerait bien gagner des vaccins. Bonjour Olivier Véran !

Véran : Bonjour Jean-Pierre Foucault.

Foucault : Vous êtes prêt, Olivier ?

Véran : Je suis prêt Jean-Pierre.

Foucault : Voici la première question. Si vous ne réussissez pas à vacciner tous les Français d'ici l'été comme vous l'avez annoncé, vous perdrez :

Réponse A : La face.

Réponse B : La confiance des Français.

Réponse C : 30 points de popularité.

Véran : Réponse B ?

Foucault : Félicitations, c'est la bonne réponse ! Mais c'était facile, puisque les trois étaient bonnes. On passe à une question plus difficile :

Qu'est-ce qui est le plus difficile pour un ministre de la Santé ?

Réponse A : Mettre le pays sous cloche.

Réponse B : Passer pour une cloche.

Réponse C : Se faire sonner les cloches.

Véran : Réponse A ?

Foucault : Eh non ! Olivier, c'était la réponse C, « se faire sonner les cloches », et c'est ce que va faire Emmanuel Macron tout de suite, en apprenant qu'une fois encore, vous avez laissé filer des vaccins ! On se retrouve demain dans le nouveau jeu de TF1 : *Qui veut perdre les élections*, et cette fois, j'en suis sûr, vous aurez toutes vos chances !

François Hollande

NON AUX SQUATTEURS !

Jade : Les affaires de maisons ou d'appartements occupés par des squatteurs se multiplient en France. À Toulouse, c'est un octogénaire de 88 ans qui ne peut pas récupérer son logement. Les occupants ont changé les serrures et la justice leur a accordé une trêve hivernale. Ce matin, sur RTL, nous accueillons François H., qui préfère garder l'anonymat et qui, lui aussi, se dit victime de squatteurs. Bonjour François H...

Hollande : Bonjour Christine Ockrent... Je dis nooooon ! Non aux squatteurs qui nous piquent nos maisons !

Jade : Vous êtes donc victime de squatteurs ?

Hollande : Ouuuuuui ! Cette histoire a commencé il y a onze ans. À l'époque, j'ai fait entrer chez moi, au 55, rue du Faubourg Saint-Honoré, un jeune homme dans le besoin. Je lui ai offert le gîte, le couvert et le secrétariat général de mon cabinet... Et quand je dis « cabinet », je ne parle pas des waters !

Jade : C'est très généreux de votre part. Et que s'est-il passé ensuite ?

Hollande : Cinq ans plus tard, à peine avais-je le dos tourné, occupé que j'étais à faire des tours de scooter, rue du Cirque, où j'étais régulièrement, il faut le dire, sur la béquille, il en a profité pour me piquer ma place. Il m'a tout pris : ma baraque, mon bureau, mon plumard et mon boulot !

Jade : Ah oui ! c'est terrible...

Hollande : Et le 7 mai 2017, il a carrément fait changer les serrures, le p'tit con ! Excusez-moi pour le terme mais je l'ai mauvaise. Je me suis retrouvé à la rue !

Jade : Et impossible de le déloger ?

Hollande : Nooooon ! Car il a installé sa régulière dans mes meubles. Et comme cette dame est une personne âgée, et que les vieilles, ça a toujours froid aux extrémités, impossible de les expulser ! Et vous ne savez pas le pire ?

Jade : Non, dites-nous...

Hollande : D'après mes infos, il est bien parti pour y rester encore cinq ans ! Alors j'en appelle aux Français et à Julien Courbet... rendez-moi l'Élysée !

Emmanuel et Brigitte Macron

PRISE DE POIDS

Jade : L'Élysée a réagi aux rumeurs quant à la prise de poids d'Emmanuel Macron. Ce serait une très bonne nouvelle selon l'entourage du président. Partons justement au palais présidentiel.

Macron : Brizitte ! Brizitte ! T'as vu, ils disent tous que je ressemble au Bibendum Michelin !

Brigitte : Tu ne comprends décidément rien, mon pauvre chéri. Ce léger embonpoint montre que tu t'es parfaitement remis de ton petit Covid. Sans même avoir eu à t'injecter de l'eau de Javel comme Donald, ni avoir sniffé de la chloroquine comme Raoult. Je suis fière de toi !

Macron : Mais, euh… J'ai pas envie de finir comme Hollande, moi, tout gras et tout moche !

Brigitte : Tu n'as donc pas lu les commentaires ? Je les cite : « Sur les photos, les quelques kilos pris par le président lui donnent de la densité et de la maturité. » Ce n'est donc pas le moment de lâcher, Emmanuel. Pour gagner la présidentielle l'an prochain, tu vas reprendre deux fois du dessert !

Macron : Ah ! ouais, chouette ! J'adore les Kinder Bueno !

Brigitte : Les Français en ont assez d'avoir un freluquet à leur tête. Ils ont besoin d'un homme solide. Tu dois ressembler à un sénateur. Voilà pourquoi je t'ai inscrit au régime Larcher. Ce sera choucroute au petit déjeuner, cassoulet au déjeuner et tartiflette au dîner. Et si ça ne suffit pas, je te réveillerai en pleine nuit pour te faire manger des pieds paquets.

Macron : Mais je vais plus faire que bouffer et dormir !

Brigitte : Et alors, qu'est-ce que tu crois qu'ils font, les sénateurs ? Ne bouge pas, j'appelle un spécialiste… OK Goglé, appelle le gros avec sa perche à selfie.

Google : OK Brigitte, j'appelle Benjamin Castaldi.

Castaldi : Bonjour, c'est Benjamin Castaldi, l'ancien animateur qui n'arrête pas d'écrire des livres pour dire que sa mamie était la plus cocue de France.

Brigitte : Bonjour Benjamin, ce n'est pas au biographe que je m'adresse mais au spécialiste des bourrelets. Quelle est votre recette ?

Castaldi : Ma recette, elle est très simple. Vous vous inscrivez à Comme J'aime, la seule chose que vous perdrez, c'est pas vos kilos, c'est votre argent. Merci Comme J'aime !

Patrick Sébastien

COUILLON DE CULTUREBOX

Jade : France Télévisions vient de lancer une chaîne de télévision éphémère, Culturebox. Il s'agit de pallier à la fermeture des théâtres et des cinémas à cause de la crise sanitaire…

Sébastien : Saluuuuut !

Jade : Bonjour Patrick Sébastien. Que nous vaut le plaisir ?

Sébastien : Attends !, moi, quand j'entends le mot « culture », faut que j'intervienne… Parce que tu vois, sous la veste à paillettes du clown, y a un cœur gros comme ça qui bat pour la culture…

Jade : Cette initiative de France Télévisions, lancée par Delphine Ernotte et Michel Field, vous plaît ?

Sébastien : Attends ! tu m'as dit Michel Field ? Le mec en veste en velours qui fume la pipe ?

Jade : Oui, c'est ça…

Sébastien : Putain mais la Ernotte, c'est à moi qu'elle aurait dû confier le bébé… J'porte pas des vestes en velours mais j'aime la pipe ! Ah, ah ! Bon, restons sérieux parce que là, je vais consacrer un nouveau numéro de mon *Couillon de culture* à Culturebox… Allez, c'est partiiiiiii ! Bonjour à tous les cultivés… et d'ailleurs à tous les culs… parce que moi, j'aime tous les culs, les p'tits, les gros, ceux en forme de poire, les raplaplas, les…

Jade : C'est bon, Patrick, on a compris !

Sébastien : Pour parler de Culturebox, j'ai invité que des mecs et des meufs qu'en ont dans la pastèque : Jack Lang qui visiblement s'est fait une teinture à l'*Amoco Cadiz*… Putain, on dirait un vieux goéland qui a été mazouté !

Lang : Bonjour, c'est Jack !

Sébastien : Également avec nous Jacqueline de La Raie, la présidente de Osez le clitorisme racisé… Salut ma Jacquouille ! Et bien sûr, mon Finki… Môssieur Finkielkraut ! Mais d'abord, on commence avec toi, mon Jack. T'en penses quoi de Culturebox ?

Lang : En tant qu'ancien ministre de la Culture à vie, je soutiens de toutes mes forces Culturebox… Quel nom, Edmond ! Culturebox, on sent que c'est moderne, que ça farte sur les réseaux, que ça swingue sur les plateformes, que ça pulse sur l'ADSL ! Culturebox, ça sonne quand même mieux que *La Boîte à culture*, Arthur !

Sébastien : Et toi, ma Jacquouille, t'en penses quoi ?

De La Raie : Je salue la diffusion des concerts d'Abd Al Malik et des films avec Adèle Haenel mais je regrette profondément que cette chaîne du progrès diffuse encore des pièces de Shakespeare et des films d'Audiard : que des hommes blancs esclavagistes, responsables de tous les malheurs du monde !

Finkielkraut : Gna gna gna gna pauvre conne !

Sébastien : T'as autre chose à rajouter, mon Finki ?

Finkielkraut : Non ! monsieur Sébastien. Je vais éteindre ma télévision, fermer Internet, et relire Molière… J'aurai toujours les tartuffes et les précieuses ridicules mais au moins, ce sera bien écrit ! D'ici là, je vous demanderai de ne plus me déranger !

Sébastien : Bon ! bah, voilà, je crois qu'on a bien fait le tour de la question… La semaine prochaine, je consacrerai un *Couillon de culture* à la philosophie du vouloir-vivre dans l'œuvre de Schopenhauer avec Hugo Clément, Mouloud Achour et Camélia Jordana… Putain, ça risque d'être court mais on va bien se marrer !

Une page de publicité avec Benjamin Castaldi

COMME J'AIME !

Castaldi : Bonjour, c'est Benjamin Castaldi, l'ancien animateur qui s'est pacsé avec sa perche à selfie. Aujourd'hui, c'est Mardi gras et moi, ça me donne envie de beignets, de bugnes, d'oreillettes et de crêpes. Résultat : je vais encore prendre des bourrelets et on croira que je me suis déguisé en Bibendum Michelin pour Mardi gras.

Alors mon partenaire minceur Comme J'aime, il m'a envoyé gratuitement le dernier album de Camélia Jordana.

J'ai mangé 3 kilos de bugnes au Grand Marnier, j'ai écouté l'album de Camélia Jordana et ça m'a immédiatement donné la nausée. D'ailleurs, excusez-moi, faut que j'y aille.

Merci Camélia et merci Comme J'aime !

Emmanuel et Brigitte Macron

TIKTOK

Jade : Emmanuel Macron s'est mis en scène sur Instagram pour vanter les gestes barrières. Sur différentes photos, on voit le chef de l'État se laver les mains au gel hydroalcoolique ou même ouvrir la fenêtre de son bureau pour aérer. Une campagne de communication diversement appréciée. Partons à l'Élysée.

Macron : Brizitte ! Brizitte ! J'ai piqué la perche à selfie de Castaldi, viens, on va faire une vidéo sur TikTok, pour demander aux Français d'arrêter de se moquer de Jean Castex !

Brigitte : Qu'est-ce que c'est encore que cette nouveauté ? ! Tu te prends pour « Norman fait des vidéos » ou quoi ? Excuse-moi, mais tu as passé l'âge.

Macron : Mais, euh… Mes photos sur Insta ont fait un carton ! J'ai plein de vues et plein de *likes* !

Brigitte : C'est surtout qu'on se moque de toi, mon pauvre ami… Tu es la risée d'Amstramgram ! Non mais, qu'est-ce qui t'a pris de te faire prendre en photo à ouvrir la fenêtre ? Tu prends vraiment les Français pour des imbéciles ! Et puis tu n'as pas autre chose à faire, en ce moment, qu'à jouer au mannequin ? Tes photos, merci bien, on dirait les pages du dernier catalogue La Redoute !

Macron : Mais, c'est pour que le virus ne soit pas hors de contrôle… PARCE QUE C'EST MON PROZEEEEET !!!

Brigitte : Pour l'instant, ce qui est hors de contrôle, c'est ta communication. Je pensais qu'on avait touché le fond avec Sibeth… elle portait bien son nom, celle-là… eh ben, non ! C'est encore pire ! Je vais remédier à ça… OK Goglé… Appelle le communicant le plus classe…

Google : OK Brigitte, j'appelle le Premier ministre à la ramasse.

Brigitte : C'est pas vrai !

Castex : Allô ?… Ici Matignon 24 32… En responsabilité, en responsabilité, je vous écoute…

Brigitte : Excusez-moi, Jean Castex, c'est une erreur.

Castex : J'ai le dos large mais je ne vous permets pas, madame, de me traiter d'horreur !

Brigitte : Et en plus il est bouché… Je raccroche !

Drrring !

Brigitte : Qui vient me déranger encore ? Cellule de crise des Macron, j'écoute ?

Line : Allô, Brigitte ? c'est Line Renaud… J'ai suivi les conseils du p'tit sur les réseaux… J'ai ouvert la fenêtre, mais vu qu'il fait moins dix à Paris, j'me gèle ! Le p'tit veut ma mort ou quoi ? J'ai des stalactites au bout du nez, des congères dans les yeux et d'la neige dans le living-room !
♫ Étoile des neiges
Mon cœur amoureux ♫

Brigitte : ♫ S'est pris au piège
De tes grands yeux ♫

FLASH INFO

UN COMMUNIQUÉ DU **MINISTÈRE DE LA SANTÉ**

GARE AUX VARIANTS !

Olivier Véran : On peut légitimement s'interroger sur la contagiosité des variants anglais, sud-africain, brésilien, guatémaltèque, ukrainien, ougandais, ouzbek, martiniquais, auvergnat, niçois ou bisontin… Peut-être que ces variants ne sont pas spécialement contagieux. Mais… oui, car avec moi, il y a toujours un « mais »… un variant extrêmement contagieux risque d'apparaître sur notre territoire : le variant du pays des Bisounours… Un pays où l'on croit que tout va toujours bien. Ce variant est très virulent. Si vous l'attrapez, vous aurez le sourire toute votre vie ! On aura beau vous mettre la tronche de croque-mort de Jérôme Salomon chaque soir à la télé, rien n'y fera, vous enlèverez votre masque, vous irez embrasser papy et mamie dans la cuisine en dansant sur un air de La Compagnie créole, c'est affreux !
Contre le variant Bisounours, je ne vois malheureusement qu'une solution… Reconfiner chaque Français chez lui et lui faire écouter en boucle la reprise de *Ne me quitte pas* de Brel par Yseult et Camélia Jordana… Croyez-moi, avec ça, les Français vont rapidement perdre le sourire et se suicider. Ainsi on aura vaincu le Covid et réduit le trou de la Sécu.

Patrick Bruel/ Francis Cabrel

VERS UNE REPRISE DES CONCERTS ?

Jade : Trois concerts tests vont être organisés à Marseille et à Paris pour étudier scientifiquement les possibilités d'une reprise de ces événements dès cet été…

Bruel : Aaaaaaaargh !
Jade : Bonjour Patrick Bruel…
Bruel : Attends, j'ai bien entendu, là ? T'as parlé de concerts ?
Jade : Oui, il s'agit de deux concerts au Dôme de Marseille avec 1 000 personnes et d'un autre concert à Bercy avec 5 000 personnes.
Bruel : En tant-qu'en tant-qu'en tant-qu'en tant que meilleur chanteur de tous les temps, pourquoi j'ai pas été prévenu ?
Jade : La programmation n'a pas encore été dévoilée.
Bruel : C'est pas grave… Dis à la Bachelot qu'elle a pas à s'inquiéter. J'enlève mon survêt', j'éteins ma webcam, j'enfile un slip propre et j'y suis dans les cinq minutes à Bercy… Et puis Marseille, c'est pas un problème… J'y vais en courant s'il le faut… J'fais moins de deux heures au marathon !
Jade : Oui enfin, ce n'est pas dit que ce soit vous à qui l'on propose de chanter ces soirs-là…
Bruel : Aaaaaaah ! Tu rigoles ou quoi ? Mes fans m'attendent, elles en peuvent plus ! Y en a même qui ont fait des descentes d'organes quand j'ai dû annuler ma tournée… Non, je t'assure, pour la santé publique des Françaises, faut que je chante. Sinon, à tous les coups, les urgences vont exploser et la réa va être saturée !
Jade : N'oubliez pas, Patrick, que ces concerts doivent avoir surtout des vertus scientifiques et sanitaires…
Bruel : Justement, avec moi on fait d'une pierre deux coups… J'achète 5 000 cotons-tiges et je les teste moi-même à l'entrée, les spectateurs. Faut pas oublier que je suis un spécialiste de la santé, j'm'y connais en paramédical. Tout ce qui est ostéo, kiné, massage, j'en connais un rayon… J'peux même être épistémologiste ! Tu m'fous les ch'veux gras, une vieille barbe et des poux dedans, et j'te fais Didier Raoult, moi !

Jade : Calmez-vous quand même Patrick…
Bruel : Non, j'me calmerai pas, faut qu'je chante… J'ai trop envie de… m'casser la voix !
Jade : Voilà, merci…
Bruel : Casser la voix !
Jade : Au revoir Patrick !
Bruel : Casser la voix…
Jade : Bonjour Francis Cabrel. Vous aussi, ces concerts tests vous intéressent ?
Cabrel : Chez moi, à Astaffort, j'ai déjà organisé un de ces concerts tests…
Jade : Ah bon ? Mais, sans protocole sanitaire ?
Cabrel : Je ne suis pas fou… Avant d'agiter mes mains pleines de doigts sur les cordes de ma guitare, je les ai lavées au gel hydroalcoolique…
Jade : Et il n'y a pas eu de clusters ?
Cabrel : Non, car à Astaffort, j'ai chanté sur un petit chemin de terre et mes spectateurs, c'étaient des cailloux… Et puis si après l'un de mes concerts
♫ Je dois passer un test PCR
Pour être rassuré
Tu sais où je dois aller ? ♫
Jade : J'ai ma petite idée…
Cabrel : ♫ Ma cabane au fond du jardin
Moi j'y vais quand j'ai besoin
Mais faut pas se tromper de côté
Le coton-tige, c'est dans le nez
Et pas s'l'enfoncer dans le derrière
Pour faire un test PCR ♫

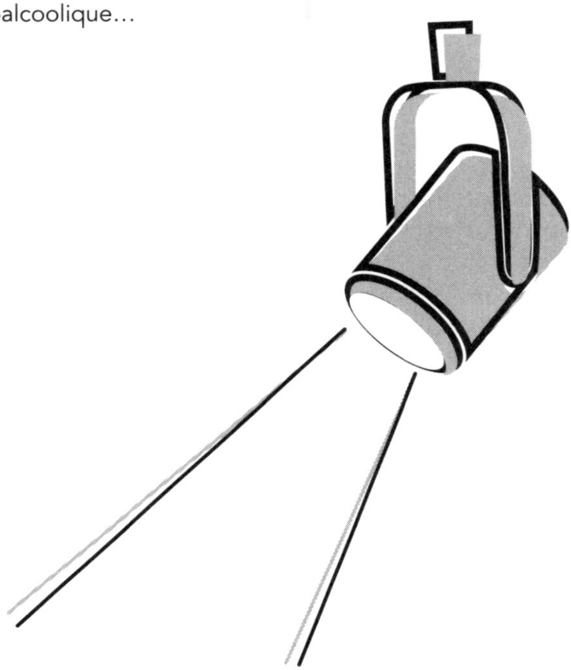

Gérard Depardieu

LE COMPLOT DES NERDS

Depardieu : FUMIER !

Jade : Bonjour Gérard Depardieu… Contre qui en avez-vous encore ce matin ?

Depardieu : Bill Gates ! Le patron des ordinateurs…

Jade : Que vous a-t-il fait ?

Depardieu : Il veut nous empoisonner ! En nous inoculant des saloperies dans le corps !

Jade : Vous n'allez tout de même pas souscrire aux thèses complotistes qui prétendent que le créateur de Microsoft s'est allié aux labos pour mettre des puces 5G dans les vaccins…

Depardieu : J'entrave que dalle à ce que tu racontes ! Moi, je te parle des arts de la table, je te parle de bidoche servie dans une belle assiette, dressée sur une jolie nappe à carreaux… Et surtout, je te parle de ce fumier qui veut que la planète tout entière ne bouffe… tiens-toi bien… que de la viande de synthèse ! Moi, c'est avec sa gueule que je vais faire une synthèse !

Jade : Bill Gates estime en effet que nous devrions abandonner les protéines animales pour lutter contre le réchauffement climatique.

Depardieu : Et du coup, il veut nous faire avaler des steaks de soja, des côtes de bœuf sans bœuf fabriquées avec des imprimantes 3D, et de la blanquette en tube ! C'est pas Bill Gates qu'il devrait s'appeler, c'est Tricatel !

Jade : Mais si c'est pour lutter contre le réchauffement climatique…

Depardieu : Ah ! parce que tu vas me faire croire qu'un bœuf élevé au grand air, qui gambade dans des prés bien verts, ça réchauffe la planète ?! Le seul truc chez les vaches qui troue la couche d'ozone, c'est quand elles pètent ! Tu vas quand même pas les empêcher de péter ?

Jade : On peut tout de même accorder une certaine expertise à Bill Gates, comme à d'autres entrepreneurs de la Silicon Valley…

Depardieu : Experts des prairies et des vaches ? Ben voyons ! Pour faire fortune, ils ont passé 24 heures sur 24 dans leur chambre, devant un écran, tout ça pour quoi ? Pour inventer des logiciels, des smartphones, des sites internet, bref, tout ce qui enlaidit le monde !… Ces mecs-là, les Bill Gates et les Zuckerberg, quand nous on sortait pour aller boire des coups et flirter avec les filles, qu'est-ce qu'ils faisaient, eux, hein ? Ils restaient dans leur piaule avec leurs boutons plein la gueule à faire des algorithmes entre deux branlettes... Alors maintenant, ils se vengent... Ah ! les fumiers !

Jean-Luc Mélenchon

ON EST MAL, PATRON, ON EST MAL...

Jade : En pleine préparation de sa campagne présidentielle de 2022, le leader de La France insoumise, Jean-Luc Mélenchon, peine encore à décoller dans les sondages. Ce qui inquiète sa garde rapprochée.

DRRRIIING !

Ruffin : Allô, patron ? On est mal, on est très mal.

Mélenchon : Ah ! c'est toi, Ruffin ! Qu'est-ce qu'y se passe encore ?

Ruffin : Ils sont en train de tous se rassembler à gauche et on va se retrouver le bec dans l'eau, patron.

Mélenchon : Le bec dans l'eau ? C'est bon pour toi ça, Saturnin. Moi j'ai pas de bec, j'ai une grande gueule !

Ruffin : Mais, patron, y a les Verts, les socialistes, les communistes, les divers-gauche, y veulent se présenter ensemble.

Mélenchon : Les bobos, les cocos et les verdos tous ensemble ?

Ruffin : Et en plus, y aurait aussi Hidalgo.

Mélenchon : Rhooôôlolololo... on est mal, Saturnin... Et y feraient combien ?

Ruffin : Dans les 25 %, patron, et vous seulement 9 %. On est très mal, patron.

Mélenchon : Ouais ! ben, ça suffit de répéter qu'on est mal, à force, tu vas nous porter la poisse.

Ruffin : Mais patron, vous croyez pas que c'est le rouquin Quatennens qui nous porte la poisse ? Y paraît que les roux, ça porte malheur, patron !

Mélenchon : Mais arrête de m'appeler patron !

Ruffin : Mais, c'est parce que vous dites toujours que vous êtes notre grand LIDL à tous, patron !

Mélenchon : Mais qu'il est con !

Marine Le Pen

SPARRING-PARTNERS

Jade : Bonjour Marine Le Pen...

Marine : Bonjour madame.

Jade : Votre débat houleux avec Gérald Darmanin jeudi dernier a fait couler beaucoup d'encre...

Marine : Et encore, c'était juste un échauffement. Je suis prête pour le prochain.

Jade : Vous affronteriez Jean Castex, par exemple ?

Marine : Non, lui c'est pas drôle, il est trop faible. Face à moi ce ne sont pas ses lunettes qu'il chercherait, mais ses ratiches, madame.

Jade : Olivier Véran ?

Marine : Vous plaisantez ? Avec sa tête de fayot qui a une tête à se prendre des baffes dans un film de Georges Lautner, je le mettrais K.O. à la première pichenette... Je veux du consistant, madame.

Jade : Et Éric Dupont-Moretti ? Lui, vous auriez peut-être plus de mal à le vaincre, il est habitué à plaider...

Marine : Ne me faites pas rire, madame ! Un avocat, c'est un mec qui porte une robe, et un mec qui porte une robe, il peut éventuellement gagner un concours d'imitation de Dalida chez Michou, mais un débat contre Marine Le Pen, même pas en rêve.

Jade : Mais qui, alors ?

Marine : Emmanuel Macron, madame. J'ai une revanche à prendre. Alors rendez-vous en 2022, l'avorton, et si tu veux pas finir ta vie à manger de la soupe, oublie pas ton protège-dents !

MARS

Les tests salivaires

François Hollande sur Twitch

Les Césars

Le confinement dehors

Les pubs Comme J'aime
de Benjamin Castaldi

Les mesures du ministère de la Santé

LE « PLAN MARSHALL » DE FRANÇOIS BAYROU

Jade : Bonjour François Bayrou. Vous avez proposé à Emmanuel Macron un « plan Marshall » pour relancer l'économie...

Bayrou : Abeu-ssolument. J'ai tellement réfléchi, dans ma grosse tête toute rouge, que de la fumée s'est échappée de mes gran-des oreilles. Mais ça valait le coup. Car j'ai eu l'idée du siècle pour nous sortir de la crise : « un plan Mareu-shall ».

Jade : Justement, vous pouvez nous en dire plus sur ce plan Marshall ?

Bayrou : C'est une expression. J'ai dit « un plan Mareu-shall » comme j'aurais pu dire « un Grenel-leu de l'économie ».

Jade : D'accord, mais ça consiste en quoi ?

Bayrou : C'est pareil, c'est une expression. C'est une sorte de « New Deal de la croissance », si vous préférez.

Jade : Hum, je crois surtout que vous n'avez pas vraiment d'idée...

Bayrou : Je vous en prie, ne soyez pas insultante !

Jade : Eh bien ! dites-nous précisément en quoi consiste ce plan Marshall !

Bayrou : C'est simple. Il s'agit d'une sorte de « Yalta de la produque-tivité ».

Gérard Collomb

LES LYONNAIS PARLENT AUX LYONNAIS !

Jade : La décision du maire écologiste de Lyon, Grégory Doucet, d'instaurer un menu obligatoire sans viande dans les cantines scolaires de la ville provoque la polémique. Nous recevons ce matin l'ancien maire de la capitale des Gaules, Gérard Collomb.

Collomb : Bonjour mademoiselle Jade. Je demande à monsieur Calvi, que je sais attaché à la ville de Lyon, ainsi qu'au saucisson chaud, de m'accueillir dans son studio. Je serai de Gaulle, il sera mon Churchill.

Jade : Qu'est-ce que vous racontez ?

Collomb : J'entre en résistance, mademoiselle Jade. C'est depuis votre studio que je lance l'appel du 1er mars, qui fera date dans l'histoire de… Lyon !

Tibidibidibidi

Collomb : Les Lyonnais parlent aux Lyonnais. Le vert est dans le fruit… Je répète : le vert est dans le fruit… Grégory Doucet est un maboul… Je répète : Grégory Doucet est un maboul !

Jade : Vous n'acceptez pas la décision du nouveau maire d'instaurer des menus végétariens ?

Collomb : Comment voulez-vous que nos jeunes gens se développent correctement sans manger des andouillettes, du boudin blanc, des sabodets, du saucisson pistaché, des terrines, de la cervelle de canut, des…

Jade : Vous n'allez pas nous faire toute la liste…

Collomb : S'ils ne se nourrissent que de soja et de quinoa, ils vont être tout maigres et tout pâles comme Grégory Doucet, le maboul !

Jade : D'abord, les apports protéiniques peuvent se trouver ailleurs que dans la viande, et puis les légumes verts, c'est très bon pour la santé.

Collomb : Je n'ai pas envie que mes petits Lyonnais se transforment en bonshommes Cetelem… Avec les menus du maboul, ils vont devenir tout verts et ils auront des feuilles de salade à la place des muscles. Voilà pourquoi j'entre en résistance… Mes hommes de l'ombre sont déjà aux abords de la mairie… Ils piégeront les sandwichs du maboul de l'intérieur, en remplaçant sa tranche de tofu par une tranche de jambon persillé !

FLASH INFO

UN COMMUNIQUÉ DU MINISTÈRE DE LA SANTÉ

NOUVELLES MESURES ANTI-VARIANT ANGLAIS

Olivier Véran : Le variant anglais se propage dans plusieurs zones du territoire, rendant la situation sanitaire de plus en plus préoccupante. C'est pourquoi j'envisage aussi, à Nice, de rebaptiser la promenade des Anglais la « promenade des variants anglais ». Cela incitera peut-être les touristes à ne pas venir.

Si ça ne tenait qu'à moi, la France serait déjà confinée depuis trois semaines, et je mettrais une heure de colle et priverais de dessert les contrevenants. Mais le président trouve ça trop infantilisant. Il m'a même surnommé « monsieur Bricolage », parce que je lui demande tout le temps de resserrer la vis et resserrer l'étau. Il est très taquin avec moi. Parfois il me surnomme aussi « Raoul Volfoni », celui qui se prend toujours des claques dans *Les Tontons flingueurs*. Mais ça ne m'embête pas d'être une tête à claques, l'essentiel pour moi est de freiner le virus.

François Hollande

ONE MORE TIME

Jade : Après trois décennies de tubes internationaux, les Français de Daft Punk ont annoncé la fin de leur duo. Thomas Bangalter et Guy-Manuel de Homem-Christo, qui apparaissent toujours casqués, se sont séparés.

Musique « Around the World »

Hollande : ♫ Around the world, around the world,
Around the world, around the world. ♫

Jade : Bonjour François Hollande…

Hollande : Mais je… Je ne comprends pas, vous m'avez reconnu !

Jade : Ce n'est pas parce que vous portez un casque, que je ne vous reconnais pas…

Hollande : J'en ai marre d'entendre parler depuis une semaine de Daffe Pounke… Comme quoi, ce seraient les deux Français casqués les plus célèbres du monde… Mais nooooooon ! C'est moi, le Français casqué le plus connu de la planète, je suis la star du scooter. Mes tours en Vespa, rue du Cirque, ont fait ma légende !

Jade : Oui, enfin vous n'avez pas vendu plusieurs dizaines de millions d'albums à travers le monde…

Hollande : Non, c'est vrai… Mais avec mon casque, j'ai servi plusieurs dizaines de croissants et pains au chocolat à ma Juju… Faut dire qu'à l'époque, on commençait tout juste à flirter. Alors autant vous dire que j'étais souvent sur la béquille…

Jade : Oui, on a bien compris… Toujours est-il que ça n'a rien à voir avec l'arrêt de Daft Punk qui attriste des millions de fans.

Hollande : Oui ben ! ils commencent à me gonfler les Daffe Pounke, et j'ai pas besoin qu'on me gonfle pour ressembler au bibendum Michelin… Moi, quand j'ai arrêté ma carrière, personne n'a réclamé mon retour. Il y a même eu des scènes de liesse. C'est méchant !

Jade : Oui, mais les Daft Punk sont les créateurs de la *french touch* qui a inspiré des dizaines d'artistes.

Hollande : Et moi alors ? Tout rater pendant cinq ans et partir la queue entre les jambes, c'est pas de la *french touch*, peut-être ? D'ailleurs, moi aussi, j'ai inspiré les plus jeunes. Le petit Macron, par exemple, il marche sur mes traces… Alors je lui dis : Manu, enfile un casque et tous les deux, on remonte sur scène ! Allez, musique DJ Raph' !

♫ One more time
On entre à l'Élysée,
One more time
On va bien se planter,
One more time ! ♫

Une page de publicité avec Benjamin Castaldi

COMME J'AIME !

Castaldi : Bonjour, c'est Benjamin Castaldi, l'ancien animateur qui vit confiné avec sa perche à selfie. Cet hiver, j'ai un peu forcé sur la pizzaflette, la pizza à la tartiflette. C'est une recette que j'ai inventée. Accompagnée de quelques frites à la mayonnaise, y a rien de mieux pour se remonter le moral en hiver.

Du coup je me suis fait engueuler par mon partenaire minceur Comme J'aime, parce qu'aujourd'hui c'est la journée de l'obésité, et j'étais censé avoir perdu 10 kilos, sauf qu'avec la pizzaflette aux frites-mayo, j'en ai pris 25. Alors ils menacent de ne pas me verser les 500 000 boules des spots Comme J'aime !

Mais moi je m'en fous, parce que je vends plein d'exemplaires de mon livre dans lequel je raconte que ma mamie elle était cocue parce que mon papi il était chaud du slip. C'est le troisième que j'écris et ça se vend toujours aussi bien. Du coup, je vais en écrire un quatrième et j'aurai plus besoin de faire des spots Comme J'aime pour payer mes impôts !

Alors moi je dis : merci Mamy Cocu !

Bertrand Tavernier/Eddy Mitchell/ Dominique Besnehard

LA CÉRÉMONIE DES CÉSAR

Jade : C'est demain vendredi que se déroulera la 46ᵉ cérémonie des César. On en parle avec notre amicale des cinéphiles, à commencer par vous, Bertrand Tavernier. Vous allez regarder cette grande fête du cinéma ?

Tavernier : Oui, bon ! alors, comment dire ? Disons que j'ai commencé par visionner la bande-annonce de la présidente des César 2021, hein ! Marina Foïs, formidable, hein ! *A star is born !* On va pas y revenir, mais j'crois qu'ça donne bien le ton de la soirée. C'est l'cas d'le dire… Je sais pas si le cinéma en sort grandi mais je plains l'ingénieur du son, surtout si c'est en Dolby ! Bon, l'avantage c'est que y a personne dans la salle, donc c'est bien foutu, quand même !

Jade : Et sinon, avec la pandémie, vous vous attendez à une soirée un peu atypique ?

Tavernier : Bon, ben ! disons que selon la presse culturelle, il faut s'attendre à une présentation « drôle et décalée » ! Bon, drôle, je parierais pas que ça s'ra du Jacques Tati ou du Michel Audiard, formidable, Audiard, hein ! mais décalé, en tout cas, c'est sûr que ce sera aussi décalé que la sortie des films en salles, hein !

Jade : Bonjour Eddy Mitchell. Vous avez réservé votre soirée pour les César ?

Eddy : Ah ! oui, miss Jade, un p'tit steak tartare, un verre de Lagavulin, ah ! oui, en long drink ! Des pantoufles de cowboy, un peignoir de western à franges, comme Lee Van Cleef dans *Les Quatre Mercenaires d'El Paso*, ah ! oui, et hop ! sur le canapé devant les César pour une bonne soirée de péplums.

Jade : De péplums ? Mais de quels César parlez-vous, monsieur Eddy ?

Eddy : Ah ! oui, je dis, la fameuse série des Césars, tournée en cinémascope et couleurs Deluxe, entre 1954 et 1959, par Bobby McGuire dans les studios de la Fox à Sacramento. *Les Césars aux jeux du cirque, Les Césars à Pompéi, Les Césars contre Ben Hur, Les Césars et la* *rouquine Cléopâtre, Les Césars font l'Espagne, Les...*

Jade : Oui, oui, on a compris. Bonne soirée devant les César, Eddy Mitchell.

Eddy : Et après les César, la deuxième séance avec les Golden Globes. Ah ! oui, *Les Golden Globes de Gwendoline*, un film de Max Lateub...

Jade : Merci, merci, monsieur Eddy... Et bonjour Dominique Besnehard.

Besnehard : Bonjour mademoiselle Jade. Je suppose qu'à l'occasion des Chésar, vous voulez parler de la crije catastrophique que traverche le chinéma.

Jade : Exactement.

Besnehard : Vous chavez, je suis pas que prégentateur de *Plache au Chinéma* sur Franche 5, je suis aussi producteur et je peux vous dire, c'est que pour les jacteurs et les jactrices français, c'est pas fachile, fachile.

Jade : Ah bon ? Pourtant les tournages se poursuivent, non ?

Besnehard : Oui, mais vous savez bien que la plupart de nos jacteurs et de nos jactrices, ils n'ont que deux ou trois exprechions de la bouche alors si on leur met un masque dechus, cha leur fachilite pas l'travail !

MC Bâatard et Alain Souchon

LES TESTS SALIVAIRES À L'ÉCOLE

Jade : Entre 50 000 et 80 000 tests salivaires par semaine doivent être pratiqués à l'école. Les professeurs ont pour mission de superviser l'opération, voire même parfois de faire eux-mêmes passer le test aux élèves…

MC Bâatard : Ouah ! madame RTL ! J'ai trop l'seum ! Z'y va, j'suis en bad… Moi, ça fait des années que je pratique l'test salivaire ! Mais à chaque fois j'me suis fait coller en garde à vue. Alors qu'maintenant, c'est carrément le ministre Jean-Michel Blanquette qui le demande, z'y va, c'est pas juste !

Jade : Comment ça, vous pratiquiez le test salivaire ?

MC Bâatard : Bah ouais ! moi j'ai toujours craché sur madame Poupard, ma prof de math ! Z'y va, Poupard, nique ta reum avec tes additions !

Jade : Ah ! mais alors là, il ne s'agit pas de ça du tout, MC Bâatard. Ce dont je vous parle, c'est d'un test anti-Covid. Et c'est madame Poupard qui le pratiquera sur vous.

MC Bâatard : Quoi ? ! Madame Poupard, elle va me cracher dessus ! Ça va pas dans ta teuté ? Moi j'vais porter plainte à la ligue des doigts de l'homme comme quoi que j'suis discriminé par la pôôôôôlice des mathématiques !

Souchon : Bonjour…

Jade : Ah ! bonjour Alain Souchon… Ça vous intéresse les tests salivaires à l'école ?

Souchon : Oui, je les plains, les instits… Déjà qu'ils devaient se former aux arts martiaux pour éviter les claques des gamins, maintenant, on les prend pour des laborantins… Mais j'ai une solution pour eux… C'est tout simple… Il faut augmenter les heures de cours de musique à l'école… C'est sympa, la musique.

Jade : Quel est le rapport ?

Souchon : On donne à chaque élève une flûte à bec et à la fin du cours, on récolte toute la bave qu'il y a dedans… Comme ça, on joint l'utile à l'agréable, c'est sympa…

Nicolas Sarkozy

LE MUR DES CONS

Sarkozy : Bonjour mademoiselle Jade… Vous avez vu les scores de mon JT ? Sept millions de téléspectateurs ! Et vous avez vu les commentaires de *Télé Z* : « Un score stratosphérique pour l'ancien président ». Et *Télé 7 Jours* : « Sarkozy fait toujours recette »… Et je vous dis pas ça pour me vanter, hein…

Jade : Oui, enfin, c'était surtout pour vous l'occasion de vous défendre après avoir été condamné à trois ans de prison. Décision pour laquelle vous avez d'ailleurs fait appel.

Sarkozy : Non mais j'suis venu vous voir pour remercier les juges. Ils m'ont fait une publicité du tonnerre ! Les titres des journaux le lendemain : « Sarkozy victime de l'injustice politique », « Sarkozy condamné sans l'ombre d'une preuve », « Sarkozy, un condamné si peu condamnable »… Je vous annonce que mon nouvel attaché de presse, ce sera le juge Tournaire.

Jade : Vous ne vous réjouissez tout de même pas de cette condamnation !

Sarkozy : Non… J'ai pas l'habitude de me réjouir trop tôt… J'attends quinze jours pour ça…

Jade : Pourquoi quinze jours ?

Sarkozy : Parce que dans quinze jours, y a mon procès Bygmalion ! Avec un peu de chance, je vais écoper de trente ans de prison pour des histoires de petits fours qu'on aurait soi-disant payés au black… Ich ich… Si les magistrats voulaient que je soille tout en haut de l'affiche, ils s'y prendraient pas autrement, hein ? Dites, c'est bien le syndicat de la magistrature qu'avait mis ma tête sur le mur des cons ?

Jade : Oui.

Sarkozy : Eh ben ! c'est celui qui dit qui y est… Ich ich…

Une page de publicité avec Benjamin Castaldi

COMME J'AIME !

Castaldi : Bonjour, c'est Benjamin Castaldi, l'ancien animateur qu'a écrit un bouquin sur sa mamie cocue. Vu que mon bouquin il se vend bien, j'ai gagné plein de sous, et j'ai pu m'acheter plein de double cheeseburgers avec supplément mayo. Du coup, j'ai pris 10 kilos en quinze jours. Mais avec Comme J'aime j'ai calculé mon IMC. L'IMC, c'est l'indice de masse corporelle.

Depardieu : Mais on s'en fout de l'IMC !

Castaldi : Ah ! bonjour Gérard ! Ça va bien ?

Depardieu : Ça irait mieux si t'arrêtais de raconter des conneries. Dans la vie faut se faire plaisir. Et quand tu te fais plaisir, tu grossis, c'est comme ça.

Castaldi : Ben ! justement, avec Comme J'aime on peut se faire plaisir tout en perdant du poids. Ça marche vraiment ! Essayez-le gratuitement pendant une semaine.

Depardieu : Mais je m'en fous, je te dis ! Et puis arrête de raconter partout que ta grand-mère était cocue. C'était une grande dame, ta grand-mère, et elle manque beaucoup au cinéma français.

Castaldi : Peut-être, mais elle était cocue. Parce que mon papi Yves, c'est pas pour rien qu'il s'appelait Montand. Des gonzesses, il en a monté plus d'une !

Depardieu : Je le sais, j'ai joué avec lui ! Sur le tournage de *Manon des sources*, y avait pas que des sources, y avait aussi des fontaines ! Mais c'est pas une raison pour salir leur mémoire, à tes grands-parents. Et arrête de me menacer avec ton bâton.

Castaldi : C'est pas un bâton, c'est une perche à selfie. C'est pour tourner mes spots du régime Comme J'aime votre programme minceur !

Depardieu : Mais arrête avec ça, je te dis ! Éteins ton téléphone et viens bouffer. Regarde, y a m'sieur Lignac qu'a ramené des trucs. J'ai faim, nom de Dieu !

Serge Gainsbourg

REQUIEM POUR DES CONS

Jade : À l'occasion de l'anniversaire de la mort de Serge Gainsbourg, il y a trente ans, son personnage et son œuvre sont passés au crible de l'époque. Ainsi *Les Inrocks* s'interrogent, je les cite : « En 2021, Gainsbourg est-il devenu problématique ? »

Gainsbourg : Putain… Fais chier… Meeeeerde !

Jade : C'est vous, Serge Gainsbourg ?

Gainsbourg : Ouais, ma p'tite cocotte, c'est moi… Gainsbarre ! Tu vois, quand j'étais encore avec vous et qu'on me demandait ce que je faisais pour la postérité, je répondais : « Et qu'est-ce que la postérité a fait pour moi ? » Classieux, hein ? Bah ! maintenant que je suis là-haut avec le fumeur de havanes, je sais ce que ma postérité a fait pour les p'tit gars et les pisseuses d'ici-bas. Ça leur permet de voir où sont les nouveaux censeurs… Les puritains aux passions tristes ! Affirmatif !

Jade : Beaucoup vous reprochent a posteriori votre misogynie… Je ne suis pas sûre par exemple que la féministe Alice Coffin apprécierait aujourd'hui de vous croiser sur un plateau télé…

Gainsbourg : Faut qu'elle se rassure, la p'tite cocotte… Je lui dirais certainement pas comme à Whitney Houston : *« I want to fuck you ! »* J'te laisse deviner pourquoi…

Jade : J'ai une petite idée…

Gainsbourg : *No comment !*

Jade : D'autres trouvent très dérangeante votre chanson *Lemon Incest* avec votre fille Charlotte…

Gainsbourg : Bah ! faut que tu leur dises de se laver les oreilles… Dans cette chanson qu'est pas dégueu, je dis ceci : « L'amour que nous n'ferons JAMAIS ensemble est le plus beau, le plus violent, le plus pur, le plus enivrant… » C'est la plus belle déclaration d'amour d'un père à sa fille, c'est interdit ça aussi ?

Jade : Non, ce n'est pas interdit… Vous estimez que vos nouveaux détracteurs devraient se décontracter un peu ?

Gainsbourg : Au contraire ! La connerie, c'est la décontraction de l'intelligence… Alors moi, je pouvais me le permettre mais pas eux ! *That's it man !*

Laurent Delahousse

UN JOUR, UN VACCIN

Jade : Les nombreuses polémiques suscitées par les retards dans la campagne de vaccination anti-Covid ont donné l'idée à Laurent Delahousse de relancer son émission culte *Un jour, un destin*.

Delahousse : Madame, monsieur, bonsoir. Ce jour-là, nous sommes le 21 janvier 2021, il est 20 h 14. C'est un jeudi soir comme les autres, sur TF1, le ministre de la Santé Olivier Véran est interrogé par Gilles Bouleau, un journaliste sans aucune mèche… sur le devant.

Avec le journaliste sans charisme, l'entretien est plat, convenu, sans rythme, sans mouvement de cheveux, tout le monde somnole, quand soudain, c'est le drame…

Sous l'effet de deux Guronsan dissous dans du Red Bull, le ministre de la Santé, emporté par son élan, annonce des millions de vaccins pour tout le monde et il promet même, d'ici fin août, 70 millions de vaccinés pour une population de… 66 millions.

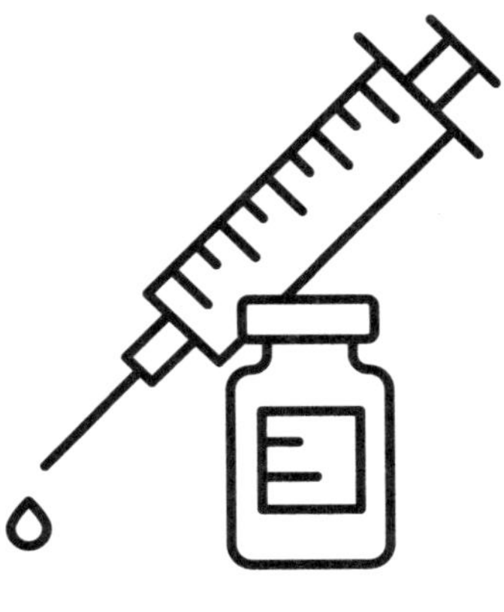

Ce que tout le monde ignore, sauf le ministre, c'est qu'il n'y a pas assez de vaccins. Et aussitôt… c'est le tollé !

Alors, le 8 février 2021, lors d'une visite au centre hospitalier de Melun, le ministre enlève sa chemise et décide de se faire vacciner devant tout le monde. La peau est hâlée, le biceps est ferme, le déo a résisté… Et là, c'est le drame.

Ce qu'Olivier Véran ignore, c'est qu'à cause du froid, il a… le téton qui pointe. Il tente alors maladroitement de cacher ce sein que l'on ne saurait voir mais c'est trop tard, le mal est fait, et tout le monde… se fout d'sa gueule.

C'était *Un jour, un vaccin*. La prochaine fois, nous parlerons du vaccin fantôme de l'Institut Pasteur. Merci de votre fidélité.

FRANÇOIS HOLLANDE

FAIT LE BUZZ !

Jade : François Hollande a été le premier à créer l'événement la semaine dernière sur la Toile en accordant une interview à Samuel Étienne sur Twitch, une plateforme de *live-streaming*...

Hollande : T'as vu, ma go, je suis tip top moumoute de la modernité ! Je dis... yoooooo !

Jade : Bonjour François Hollande... C'est vrai qu'on ne vous attendait pas sur Twitch...

Hollande : Twiche, deux doigts coupe-faim !

Jade : Non, ça, c'est Twix, ça n'a rien à voir...

Hollande : En tout cas, j'ai fait le buse sur Internet... Et j'ai balancé quelques punche lignes bien senties dans la face au p'tit Macron !

Jade : Oui, vous avez dit qu'il devrait se rappeler qu'il a été votre ministre... Et qu'au lieu d'appeler son lointain prédécesseur, Nicolas Sarkozy, il ferait mieux d'appeler son récent employeur, c'est-à-dire vous.

Hollande : T'as vu ce que je lui ai mis dans les dents au babtou fragile ? Il doit bien avoir le seum, le bolosse de l'Élysée...

Jade : Je ne vous reconnais plus, François Hollande...

Hollande : Macron, il fait appel à Carlito et MacFly sur Youteube, eh ben moi, j'fais appel à Samuel Étienne sur Twiche...

Jade : Oui, enfin, si Carlito et MacFly sont les idoles des jeunes, je rappelle que Samuel Étienne est l'animateur de *Questions pour un champion*...

Hollande : Et alors ? J'ai fait trois vues et j'ai pris deux likes à la son-mai de retraite des Glaïeuls... C'est bien, non ?

Jade : Formidable... Toujours sur Twitch, vous avez même dit écouter le rappeur Booba.

Hollande : Je l'ai dit, ça ! Et je le dis au duc de Boulbi... Viens retrouver MC François au duty free de l'aéroport de Tulle... On va se maraver la gueule pour faire le buse sur Tic Tac.

Jade : Ce n'est pas Tic Tac, c'est TikTok.

Hollande : N'empêche qu'on va remettre les pendules à l'heure... Fanfan est de retour dans l'game !

Emmanuel et Brigitte Macron

LA DIVERSITÉ FRANÇAISE

Jade : Une liste de personnalités représentatives de la diversité française vient d'être dévoilée, à l'initiative du président de la République, afin de fournir de nouveaux noms de lieux publics. Il fallait s'y attendre, cette liste a suscité de nombreuses réactions. On fait le point à L'Élysée, chez les époux Macron.

Macron : Eh ! t'as vu ça, Brizitte ? Z'ai tenu ma promesse de sortir une liste de héros de la diversité pour donner de nouveaux noms à des lieux publics !

Brizitte : C'est une très bonne idée, Emmanuel. Je crois qu'il y en a vraiment pour tous les goûts : Aimé Césaire et Dalida, Françoise Giroud et le clown Chocolat, Marie Curie et Luis Mariano, Annie Cordy et Amadou Mbarik Fall alias « Battling Siki ».

Macron : Mais oui, Brizitte, c'est ça la diversité et c'est mon idéééée !

DRRRRRIIIING !

Brizitte : Ah ! tiens, le téléphone, y avait longtemps. « QG de Macron 2022 », j'écoute ?

Enrico : Allô l'Élysée ? C'est Enrico Macias à l'appareil. Vous m'remettez ? C'est moi l'chanteur oriental, laï, laï, laï, laï.

Brizitte : Bien sûr qu'on vous remet, Enrico. Que puis-je faire pour vous ?

Enrico : Cinq sur vous, madame Brigitte. C'est au sujet d'la liste que le président à nous il a publiée avec les noms des personnalités qui doivent donner leur nom à des lieux publics. Poï, poï, poï, ma parôle, la liste des héros au président, j'l'ai lue et j'l'ai relue avec mes Haaâfflelou, y manque des noms importants dans la diversité, purée de mes os.

Brizitte : Ah bon ? Qui ça par exemple ?

Enrico : Il manque les gens qui ont les pieds de la diversité : les pieds noirs. Robert Castel et Lucette Sahuquet ou Roger Hanin, par exemple, ils y sont pas. Et y a même pas non plus mon tonton Abdel alors qu'il a reçu le prix Nobel Oued pour ses inventions révolutionnaires ou Mémé Malika qui a été sacrée la reine du tajine de pigeon ! Alors s'il vous plaît, madame Mahacron, essayez de parler au président à nous pour qu'il donne au moins le nom de Tata Djamila à une clinique dentaire quand elle s'en ira manger les pois chiches par la racine. Elle s'en est tellement vu avec sa dent en or qu'elle mérite bien un p'tit geste de diversité.

Brizitte : Promis, je lui en parlerai. Au revoir, Enrico.

Re-drriiing !

Brizitte : Ahlalala ! ça sonne encore. Ça doit être Line Renaud, on avait rendez-vous pour notre gym sur Zoom. Première dame de France, j'écoute.

Dave : Bonzour Brizitte ! C'est Dave, le chanteur batave qui n'aime pas que les oignons de tulipes. Dites, madame, il faut dire au président qu'elle est pas mague-nifique sa liste sur la diverzité. Il y a pas toutes les couleurs de l'arc-en-ziel ! Même pas d'homozegsuel assumé du show-biz dedans. Il y a pas Jacques Chazot, egue-straordinaire ! Et Zean-Marie Proslier et Pascal Zevran et Missou avec zes lunettes bleues, ils méritent bien un salon de coiffure à leurs noms ! Et Zean-Claude Brialy, eguezeptionnel !

Brizitte : On va y réfléchir, merci et au revoir, Dave.

Dave : Au revoir, Brizitte, et moi ze vous souhaite une bonne fin de carrière en 2022 !

Re-Re-Drrrriiing !

Brizitte : Et ça continue... Brizitte Macron, j'écoute.

Castaldi : Allô, la maison des secrets ? Ici Benjamin Castaldi, l'animateur-biographe qui écrit ses livres à la perche à selfie.

Brizitte : Ah ! que puis-je pour vous, monsieur Castaldi ?

Castaldi : C'est au sujet de la liste pour la biodiversité. Vous avez oublié les gros qui n'ont pas connu mon partenaire minceur Comme J'aime ! C'est très important les gros pour la biodiversité : Carlos, Demis Roussos, Raymond Devos, Richard Anthony, Raymond Barre, le sergent Garcia...

Brizitte : Ah ! mais il n'est même pas français, lui. Au revoir, monsieur Castaldi.

Re-re-re-Drrrriiiing !

Drucker : Allô ? Brigitte Macron ? Michel Drucker à l'appareil.

Brizitte : Aaah ! Enfin, un coup de fil sympathique. Alors, vous vous retapez bien, Michel ?

Drucker : Convalescence extraordinaire. Corps médical formidable. Dites, Brigitte, la liste pour la diversité : vous avez oublié les chiens. Magnifiques, les chiens. Ma chienne Zaza, 80 000 heures d'antenne, Mabrouk de *30 millions d'amis*, Baltique le labrador du président Mitterrand, Croc Blanc, Bill, le cocker de Boule, Idéfix, Rantanplan, Milou de Tintin, Belle de Sébastien...

Clic !

Les Deschiens

QUI N'EN VEUT DES MESURES

Jade : Les dernières mesures anti-Covid du gouvernement, dont l'interdiction de se réunir à plus de six dehors, sont mal comprises par les Français. C'est le cas de nos amis, Les Deschiens.

Morel : 3615 code qui n'en veut de la mesure anti-Covid, avec aujourd'hui mon gars Bruno Lochet... Alors, mon Bruno, est-ce que tu es content des dernières mesures de Jean Castex ?

Lochet : Ben c't'a dire que j'y comprends rien, moi, aux mesures à m'sieur Casse-Tête... Il porte bien son nom, d'ailleurs, celui-là... Après nous avoir enfermés à la maison, il nous demande d'être confinés dehors...

Morel : Parce que dehors, tu as moins de risque d'attraper le corano... le conardo... le carono... aaaaaah ! le Covid-19 qu'à l'intérieur... Sache que monsieur Castex, c'est un gars qui en a dans le ciboulot ! Ça se voit pas mais il a fait des hautes études... Des bac + 10 ou 15... Ça bouillonne là-dedans... C'est pas pour rien qu'il a fait l'ETNA, monsieur Castex !

Lochet : Ah ! non mais moi je suis content d'être envoyé dehors, passe que j'pouvais plus supporter ma bonne femme... Mais le problème, c'est que m'sieur Casse-Tête, il veut pas que je retrouve plus de six copains pour picoler... Et si j'veux casser la croûte dehors, ça doit être avec les gens de mon foyer... Mais moi si je sors dehors, c'est pas pour voir ceux qui sont dedans... Et d'ailleurs si y sont dedans, ça veut dire qu'y sont pas dehors... C'est pas compréhensibe du tout, son truc...

Morel : Oui, mais alors madame Lochet doit être contente parce que monsieur Castex dans sa grande bonté a autorisé essepptionnellement les coiffeurs à rester ouverts...

Lochet : Bah oui ! mais pas les esthéticiennes... Les poils sur la tête, c'est oui, mais les poils du frifri, c'est pas permis ! Du coup, ma femme, c'est devenu la jungle, j'suis obligé d'y aller à la machette !

Morel : Oh là ! Alors là, je t'arrête tout de suite, mon gars Bruno, tes propos sont sexisses ! Alors là, tu vas avoir toutes les néo-féminisses sur le dos… Et je te préviens tout de suite qu'elles sont moins commodes que Jean Castex… C'est pas dehors qu'elles vont t'enfermer, c'est en prison et à double tour avec ça !

Lochet : Oh ! bah, je suis pas sûr que la prison, ce soille pire que le monde à m'sieur Casse-Tête !

Morel : ♫ Qu'as-tu donc dans ton panier ?
Une prison, une prison.
Qu'as-tu donc dans ton panier ?
Une prison pour pas être à la maison. ♫

iiiiiiiiiiiiiiii !

Castex : Test micro… test micro… Paris-Bordeaux-Le Mans-Montluçon-Ouarzazate… Bien, les micros fonctionnent… Nous pouvons commencer cette conférence de presse, cette conférence de presse. Y a-t-il des questions ?

Jade (avé l'accent) : Oui, bonjour, Antoinette Farigoule, d'Azur TV. J'aimerais savoir comment va Roselyne Bachelot ?

Castex : Rassurez-vous elle va très bien, et comme elle me l'a dit elle-même aujourd'hui : je préfère encore être à l'hosto qu'aux César, on est mieux accueilli. Une autre question ?

Jade : Oui, Jacqueline de Raie, de Mediapart. Êtes-vous favorable à la dissolution de l'UNEF ?

Castex : Concernant l'UNEF, il semble que le variant islamo-gauchiste ait pris le pas sur les variants trotskystes et maoïstes, mais la dissolution n'est pas une solution, en effet comme le dit le proverbe, tant va la cruche à l'eau qu'à la fin un homme averti n'amasse pas mousse. Une autre question ?

Ardisson : Ouais… Ouais… Ouais… Thierry Ardisson, bonjour. J'aimerais savoir à partir de quand les 40-50 ans pourront se faire vacciner ?

Castex : Monsieur Ardisson, personne n'est dupe de vos nouvelles dents en marbre, tout le monde sait que vous avez 72 ans et que vous êtes déjà vacciné, déjà vacciné. Une dernière question ?

Praud : Bonzour… Pascal Praud, pour CNEWS. Voici ma question : quitte à être gouvernés par des Nuls, pourquoi ne pas laisser vos places à Alain Chabat, Chantal Lauby et Dominique Farrugia ? Je pose la question au 3210.

AVRIL

Les lenteurs de la vaccination

Les restaurants clandestins

La tirade des vacci-nez

Thomas Pesquet
dans la fusée Space X

Les mesures du ministère
de la Santé

JEAN CASTEX UNE GRANDE NOUVELLE !

iiiiiiiiiiiiiiiii !

Jade : Ah ! un Larsen, je crois que c'est le signal que le Premier ministre souhaite nous parler.

Castex : Un deux, un deux, test micro… Est-ce qu'on m'entend sur Radio Télévision Luxembourg ?… Où est-ce que j'ai mis ma fiche ? Ah ! voilà… Alors : mettre un filet d'huile d'olive sur le chou-fleur et l'enfourner à 200 degrés… Mais, c'est pas ma fiche Covid, ça ! C'est la fiche cuisine de Cyril Lignac !

Jade : Vous êtes en direct, monsieur le Premier ministre, on vous écoute…

Castex : Mes chers compatriotes, j'ai décidé, en responsabilité, en responsabilité, que je vous annoncerai mes décisions lors de ma prochaine conférence de presse.

Jade : Vous nous l'avez déjà dit jeudi dernier, ça…

Castex : Ah oui ! c'est vrai… Mince… Bon, je vous annonce donc, en responsabilité, en responsabilité, que nous hésitons entre deux scénarii. Soit nous confinerons, soit nous ne confinerons pas…

Jade : Merci, on est bien avancés avec ça…

Castex : Je peux également vous annoncer une graaaaaaande nouvelle !

Jade : Ah ! ben voilà ! On est preneurs. Nous sommes tout ouïe…

Castex : En responsabilité, en responsabilité, nous vaccinerons tous les Français dès que nous aurons des vaccins !

Jade : Et c'est prévu pour quand ?

Castex : Alors attendez, que je consulte la fiche de madame Irma qui lit dans mes boules… Nous aurons des vaccins pour tous les Français… un jour.

Jade : En fait, comme d'habitude, vous n'avez rien à nous dire ?

Castex : Si ! J'ai retrouvé mes lunettes, elles étaient sur mon tarbouif !

FLASH INFO

UN COMMUNIQUÉ DU MINISTÈRE DE LA SANTÉ

UN PETIT DURCISSEMENT DES PROTOCOLES SANITAIRES

Véran : Quelle est la situation aujourd'hui ? L'épidémie flambe, la réanimation explose, nous allons tous mourir mais pas forcément dans d'atroces souffrances.
En revanche, j'ai une très bonne nouvelle à vous annoncer sur la vaccination : la France sera dans la même situation vaccinale qu'Israël d'ici à l'été… d'ici à l'été 2054.

Les enquêtes du lieutenant Columbo

LE MYSTÈRE ASTRAZENECA

Jade : Le mystère entourant la fabrication, la distribution et même l'efficacité du vaccin AstraZeneca s'épaissit même si son PDG, Pascal Soriot, continue de répéter que tous les contrats ont été respectés. Pour tirer les choses au clair, le célèbre lieutenant Columbo a été chargé de cette ténébreuse affaire.

Columbo : S'cusez-moi de vous déranger, m'sieur : lieutenant Columbo. J'suis chargé d'une enquête sur cette histoire de vaccins AstraZeneca…

Le labo : Vous tombez mal, lieutenant, j'étais en train de compter mes subventions européennes quand vous avez sonné. Il va falloir que je refasse toutes mes additions.

Columbo : Hein ? Oh ! pardon, les subventions européennes, bien sûr… À propos, vos 120 millions de doses, vous comptez les livrer quand à l'Union européenne, m'sieur ? Y a du retard, non ?

Le labo : Ha, ha, ha ! décidément, vous voulez tout savoir, lieutenant ! C'est très simple : nous n'avons plus de colle pour les étiquettes, voilà tout !

Columbo : Ah ! d'accord, bien sûr, je le note… « plus d'colle pour les étiquettes… ». Ah ! et ça, tenez, regardez, 28 millions de doses cachées en Italie… ça vous dit quelque chose, m'sieur ?

Le labo : Ça ? Mais c'est tout simplement le livreur de chez Uber-vaccins qui n'a pas trouvé l'adresse de l'Europe alors il les a cachées en attendant de les donner aux pauvres. Vous oubliez que c'est bientôt Pâques, lieutenant !

Columbo : Ah ! mais oui, c'est déjà Pâques… Ma femme me dit toujours : « On s'ra tous vaccinés à Pâques ou à la Trinité. » Merci, m'sieur, j'ai de quoi faire mon rapport.

Le labo : Je vous en prie, lieutenant. Je suis à votre disposition. Joyeuses Pâques…

Columbo : Joyeuses Pâques, m'sieur… Ah ! j'oubliais, y a juste une dernière petite question qui me turlupine… Si vous ne livrez pas les vaccins que vous avez promis, vous comptez les rembourser rapidement ?
Le labo : Écoutez, lieutenant, je commence à en avoir par-dessus la tête de vos insinuations. Je ne cherche pas à gagner de l'argent, je cherche à guérir les pauvres.
Columbo : Oh ! mais vous énervez pas, m'sieur. Mais voyez-vous, votre vaccin à 1,80 euro pour les Anglais, vous le vendez 11 euros au Bangladesh… Alors, j'vais vous d'mander d'me suivre, m'sieur…

Alain Souchon

FOULE SENTIMENTALE

Jade : « Dedans avec les miens, dehors en citoyen », c'est la nouvelle campagne de communication imaginée par Jean Castex pour contrer l'épidémie de Covid. Bonjour Alain Souchon…

Souchon : Oui, bonjour… Il est sympa Jean Castex avec ses petits mantras… On n'a pas l'impression du tout d'être pris pour des gamins…
♫ J'ai 10 ans, je sais, c'est pas vrai
Mais j'ai 10 ans
Si tu m'crois pas, hé
T'ar ta gueule par Jean Castex ♫
Jade : Vous trouvez que le Premier ministre nous infantilise ?
Souchon : Non, pas du tout… « Je ne reçois pas chez moi », « J'aère mon logement », « Je ne mange pas si je ne suis pas seul »… C'est sympa… Ça me rappelle le CM2 quand la maîtresse avait affiché dans la classe un grand panneau avec des conseils comme « Je mange pas avec mes mains », « Je mets pas mes doigts dans mon nez », « Je coupe pas les nattes de la petite copine devant moi »…
Jade : Je vous sens moqueur, Alain…
Souchon : Non, c'est pas mon genre… Et puis franchement, Jean Castex n'inspire pas du tout à la moquerie… Entre lui qui nous prend pour des poulets de trois semaines et le surgé, Olivier Véran, qui nous gueule dessus depuis un an, c'est sympa…
♫ Foule sentimentale
Il faut voir comme ils nous parlent
Comme ils nous parlent ♫

Philippe de Villiers

LE JOUR D'APRÈS

De Villiers : Salut à toi, fille de radio, et merci de m'inviter sur Radio Luxembourg pour évoquer mon livre, *Le Jour d'après*.

Jade : Alors justement, c'est quoi, le jour d'après ?

De Villiers : C'est le jour d'après la crise du Covid-19, que les technocrates de Maastrique auront machiavéliquement utilisé pour achever la déstructuration du monde en imposant leurs algorithmes sataniques.

Jade : C'est pas un peu complotiste, ça ?

De Villiers : Silence la gueuse ! Le monde est déstructuré, la preuve : tu es en train de m'interviewer alors que ta place est aux fourneaux. Alors laisse donc ton micro au sieur Calvi, et file nous préparer quelques venaisons bien corsées au lieu de bavasser.

Jade : Non mais, oh ! on est en 2021 je vous rappelle... Ici c'est Cyril Lignac qui est aux fourneaux !

De Villiers : Palsembleu, un homme aux fourneaux, et pourquoi pas une femme en pantalon !

Jade : Oui ben, c'est fini le Moyen Âge, hein...

De Villiers : C'est bien le drame. Au Moyen Âge la France était dirigée par des rois, et même si Jean Castex a tout du bouffon, ce n'est plus le cas aujourd'hui.

Jade : Alors justement, vous dévoilez dans ce livre les coulisses d'un dîner privé avec Emmanuel Macron qui ne le mettent pas à son avantage... Ce n'est pas très correct...

De Villiers : Peu me chaud, la gueuze ! Je suis comme l'excellent Pierre-Jean Chalençon, je balance tout !

Jade : Je ne sais pas si c'est flatteur de vous comparer à lui...

De Villiers : Et pourquoi pas ? Un homme qui collectionne les objets ayant appartenu à Napoléon, qui vit dans un palais et se coiffe comme Louis XIV ne peut pas être foncièrement mauvais, quand bien même est-il de la jaquette.

Jade : Bon, si je résume, vous n'aimez pas le nouveau monde et tout est de la faute des technocrates de Maastricht. Mais vous ne l'aviez pas déjà dit dans vos quinze précédents livres ?

De Villiers : Et alors ? *Bis repetita placent sed perseverare diabolicum* !

JEAN CASTEX RÉPOND AUX FRANÇAIS

¡¡¡¡¡¡¡¡¡¡¡¡¡¡¡¡¡!

Castex : Test… Test… Test micro… One two carnet d'chèques… Paris Bordeaux… Les rillettes du Mans… Le micro fonctionne, avez-vous des questions ?

Jacqueline : Oui bonjour, Jacqueline de la Raie, pour Médiapart. On parle beaucoup des cas de thrombose occasionnés par le vaccin AstraZeneca, mais jamais de ceux occasionnés par la pilule contraceptive ? Pourquoi ? Hein ? POURQUOI ? !

Castex : Eh bien, tout simplement parce qu'avec le vaccin, la pilule ne passe pas, alors qu'avec la pilule, les femmes sont par définition habituées à l'avaler, à l'avaler. Une autre question ?

Guillaume Durand : Oui bonjour, Guillaume, comment dirais-je, Durand, pour Radio, comment dirais-je, Classique. Il faut s'inscrire où, pour les dîners clandestins de Pierre-Jean, comment dirais-je, Chalençon ?

Castex : Monsieur Dupont, arrêtez de vous monter le bourrichon avec cette histoire. Non seulement ces dîners n'ont jamais existé, mais en plus, le homard était trop cuit et le vin était bouchonné, le vin était bouchonné. Autre question ?

Drucker : Oui, Michel Drucker, pour France 2, formidable, France 2 ! Je voudrais savoir : quelle est votre stratégie avec l'autotest ? Formidable, l'autotest !

Castex : Alors, vu les tarifs élevés de l'autotest, j'ai sollicité la Française des jeux pour créer un loto-test. Y a-t-il une dernière question ?

Antoinette : Oui bonjour, Antoinette Farigoule, pour Azur TV. J'aimerais savoir quand les esthéticiennes pourront-elles rouvrir ?

Castex : Madame Farigoule, nous avons prévu de rouvrir d'abord les terrasses, puis les esthéticiennes, mais en cas d'urgence pileuse, vous pourrez vous épiler les guiboles en terrasse, en remplissant une attestation d'épilation dérogatoire, une attestation d'épilation dérogatoire. Merci.

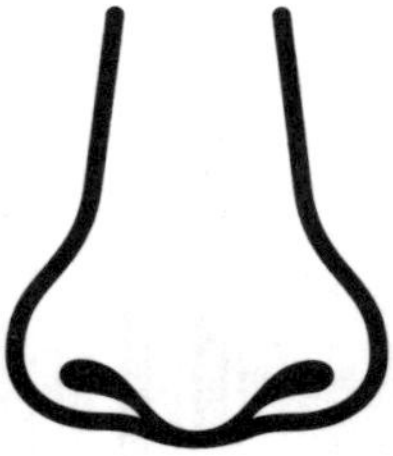

Gérard Depardieu

LA TIRADE DES VACCI-NEZ

Jade : Les ratés et les atermoiements du gouvernement sur la campagne de vaccination exaspèrent nos concitoyens. Parmi eux, forcément, le toujours aussi vitupérant Gérard Depardieu. Bonjour Gérard Depardieu.

Depardieu : Salut, la Jade ! T'as raison, je vitupère, je fulmine, je tempête ! Qu'est-ce que c'est qu'ce foutoir ! On y comprend rien dans leur bordel !

Jade : Allons, allons, Gérard, Olivier Véran s'est déjà expliqué au sujet de la distribution des vaccins. Il a dit, je le cite : « La vaccination va avoir des effets. » Qu'est-ce que ça vous inspire ?

Depardieu : Hein ? C'que ça m'inspire ? C'est ça qu'tu veux savoir ? J'vais t'le dire c'que ça m'inspire. Tu sais c'que j'ai envie d'lui répondre, au Véran ? J'ai envie d'lui répondre : « C'est un peu court, jeune homme !
On pouvait dire… Oh ! Dieu !… bien des choses en somme… »

Jade : Ah oui ! je vois à quel joyau du répertoire dramatique vous faites allusion : *Cyrano de Bergerac* et la fameuse tirade du nez.

Depardieu : C'est ça. Acte I, scène IV. On voit qu't'as fait des études, c'est rassurant. Parce que devant l'incurie gouvernementale, c'est toujours bon de ressortir ses classiques. Tiens, on devrait appeler ça : « Six cageots de doses en vrac » et ça serait plus la tirade du nez mais « la tirade du vacci-nez », hmpf, hmpf, hmpf ! Ça donnerait ça… attends, je reprends depuis le début, je m'adresse au vicomte de Véran :
Ah ! non ! c'est un peu court, jeune homme !
On pouvait dire… Oh ! Dieu !… bien des choses en somme…
En variant le ton, – par exemple, tenez :

Académique :
Pour moi, monsieur Véran, vous êtes à la ramasse
Il faudrait sur-le-champ que l'on vous éjectasse.

Interrogatif :
En juillet, sera-t-on tous enfin vaccinés
Ou faudra-t-il encore qu'on avance masqués ?

Agressif :
Tu nous gonfles, Castex, espèce d'empoté

Ne cherche plus tes lunettes, je te les ai cassées !
Pessimiste :
C'est un flop ! c'est un flap ! un fiasco ridicule !
Ce n'sont pas des ministres, c'est une bande de nuls !
Avec l'exécutif, cette bande de bras cassés
Avant la fin d'l'été on sera tous crevés !
Mais je peux versifier aussi sur les vaccins.
Voici rien que pour toi, quelques alexandrins :
Voyageur :
Si j'en trouve pas en France, j'irai en Amérique,
Ou bien chez Vladimir avec son bon Spoutnik !
Méfiant :
Ah non ! je n'prendrai pas de cette saloperie-là !
Gardez-le donc pour vous, votre AstraZeneca !
Qu'on les jette ou les brûle, je m'en tape, ma foi,
J'aime encore mieux tousser que courir au trépas !
Efféminé :
Mais enfin que veux-tu, avec ta grosse seringue ?
Arrête, arrête grand fou, tu vas me rendre dingue !
Je reviens dans un mois te revoir, mon mignon,
Afin que tu m'octroies ma deuxième injection...
Marseillais :
Il n'est point nécessaire que l'on me vaccine,
Je préfère Raoult avec sa chloroquine !
Obsédé :
Il va falloir que j'aille dans un vaccinodrome...
Aaah !... j'aurais préféré aller au baisodrome !
Clandestin :
Pas besoin de vaccin, pour faire un grand festin !
Pour s'taper un gueuleton, y a Pierre-Jean Chalençon !
Voilà ce qu'à peu près, Véran nous aurait dit
S'il avait eu un peu de lettres et d'esprit
Mais d'esprit, le plus pâle des êtres,
Il n'en a pas un gramme, et de lettres
Il n'en a que les trois qui forment le mot « sot » !
Eût-il pu disposer de l'invention qu'il faut
Qu'il n'en eût toutefois articulé le quart
De la moitié du commencement d'une, car
Je me les sers moi-même, avec assez de verve,
Mais je ne permets pas qu'un autre me les serve.
Fumiers !

Fanny Ardant

LA PUB DU « BON COIN »

Jade : Le site Le Bon Coin fête ses 15 ans et pour l'occasion, c'est Catherine Deneuve qui en fait la publicité. Bonjour Fanny Ardant...

Ardant : Bonjour à toi, Jade, et bonjour à toi aussi, Yves... Yves Calvi, forcément, le plus grand des matinaliais... Je me suis invitai parce que je vous ai entendu parlai de la grande Catherine que j'adore... Et elle aussi, elle m'adore... Alors comme ça, elle met en vente sa canne sur Le Bon Coin ?

Jade : Mais non, Fanny, ce n'est pas ça du tout !

Ardant : Alors, c'est quoi qu'elle met en vente ? Son déambulateur ? Ses fausses dents ? Ou sa hanche en plastique ?

Jade : Non plus ! C'est l'héroïne d'une publicité où, parce qu'elle a beaucoup d'humour, elle fait mine d'avoir une collection de poules en résine achetées sur ce site de vente...

Ardant : C'est bien, ça, pour sa carrière... Et puis après Le Bon Coin, elle fera de la pub pour Truffaut... pas François... le fleuriste forcément. Et puis ensuite, elle aura un petit rôle dans une réclame pour demie... pas Jacques, le pain... le pain de mie forcément...

Jade : Je vous sens amère, Fanny... Vous n'êtes quand même pas jalouse de Catherine Deneuve ?

Ardant : Non, pas du tout... Tu sais, Le Bon Coin, c'est là où on met en vente des vieux trucs dont on veut se débarasser... Moi, je ne suis pas comme Catherine, je ne suis pas un vieux truc, je ne saurais pas faire... Et puis tu sais, je ne crois pas trop à la publicitai...

Jade : Vous croyez en quoi alors ?

Ardant : Au bouche-à-oreille... Avec moi, ça fonctionne très bien... Tu sais pourquoi ?

Jade : Parce que vous avez une grande bouche.

Ardant : Tu as tout compris ! Tu es tellement perspicace...

Jade : Merci pour le compliment, Fanny, d'autant qu'avec vous, c'est rare...

Ardant : De rien... Dans quelques annais, disons trente ou quarante ans, tu seras comme moi... sublime, forcément sublime.

« LE REMPLAÇANT »

Jade : TF1 diffusera ce soir *Le Remplaçant*, une fiction dans laquelle Joey Starr interprète le rôle d'un prof de français. Il est avec nous pour en parler, bonjour Joey.

Joey Starr : Ouais, z-y va, bonjour.

Jade : On ne vous attendait pas dans un rôle de prof de français…

Joey Starr : Ben quoi, avant je jouais dans *Nique ta mère*, maintenant je joue dans *Nique ta grammaire*, c'est une suite logique.

Jade : Oui, ça se tient…

Joey Starr : Et puis vu comment le niveau des élèves il a dégringolé, faut que le niveau des profs baisse aussi. Donc un rappeur prof de français, c'est cohérent. Pour bien faire faudrait aussi mettre Booba prof de physique-chimie, il pourrait apprendre aux gosses à fabriquer du teuchi.

Jade : Je ne sais pas si ça rendrait service à l'Éducation nationale…

Joey Starr : Au contraire, aujourd'hui c'est le bordel dans les classes. Les gamins ne respectent plus leurs profs. Si tu fais un cours sur les conjonctions de coordination et que tu leur demandes « mais où est donc or ni car ? », y a toujours une caillera qui répondra « dans ton cul ».

Jade : Et justement, comment le prof de français que vous allez jouer ce soir réagirait-il dans une telle situation ?

Joey Starr : Ben le gamin, je lui mets un complément d'objet direct du droit dans la gueule, et si ça suffit pas, un complément d'objet direct du gauche. Comme ça, il apprend à la fois la grammaire, et la discipline.

Philippe Bouvard/Jean-Michel Aphatie

LA JOURNÉE DE LA TERRE

Jade : Créée par l'UNESCO, la Journée de la Terre vise à sensibiliser le grand public aux enjeux environnementaux, et fait l'objet de l'émission du jour de nos amis d'Azur TV.

Jade (avé l'accent) : Bonjour à toutes et à tous, aujourd'hui on va parler de la Journée de la Terre, n'est-ce pas Jean-Michel Aphatie et Philippe Bouvard ?

Aphatie : En effet, la crise du Covid ne doit pas nous faire oublier les problématiques récurrrrentes de l'environnement, qu'il s'agisse du réchauffement climatique, de la pollution aux parrrticules fines ou de la rarrréfaction de la faune mondiale.

Jade (avé l'accent) : Oui, mais ce qui nous intéresse, ce n'est pas la faune mondiale, c'est la faune de la Côte d'Azur…

Aphatie : Mais enfin c'est aberrrrrant ! La rarrréfaction des éléphants d'Afrique est autrement plus importante que la rarrréfaction des cagoles de La Ciotat par temps de pluie !

Jade (avé l'accent) : Et vous Philippe, vous en pensez quoi, de la Journée de la Terre ?

Bouvard : Les pommes de terre ? J'adore ça, j'en mange tous les jours ! Avec la pomme de terre, je garde la frite, ouh, ouh, ouh !

Aphatie : Mais enfin, c'est aberrrrant, la Journée de la Terre mérite mieux que les calembours rétrogrrrades de monsieur Bouvard ! Je préférerais que nous parlions du problème des gaz à effet de serrrre !

Jade (avé l'accent) : Oui, alors justement, Jean-Michel, en parlant de serres, les serres du Paradis du fruit de Roquefort-la-Bédoule organiseront une journée portes ouvertes samedi prochain pour déguster les premières fraises de la saison !

Bouvard : Et en parlant de fraises, vous savez ce que fait une fraise posée sur un cheval ?

Jade (avé l'accent) : Non, dites-moi, Philippe…

Bouvard : Tagada Tagada ! Ouh, ouh, ouh !

Jade (avé l'accent) : Hi, hi, hi ! vous êtes tellement drôle Philippe !

Aphatie : Je suis consterné par la tourrrnurrre prise par cette émission, et laissez-moi vous dire, monsieur Bouvard, que la planète ne vous dit pas merrrci.

Bouvard : J'en parlerai à mon cheval.

Jean-Luc Mélenchon

VOYAGE D'ÉTUDE

Jade : Jean-Luc Mélenchon est en tournée en Amérique du Sud. Un voyage en pleine pandémie qui fait polémique. Nous sommes en direct avec le leader de La France insoumise.

Mélenchon : Quatennens, el Rouquemoutos, va me chercher une tequila ! Aïe, aïe, aïe ! tequila !

Jade : Vous êtes à l'antenne, Jean-Luc Mélenchon...

Mélenchon : Vos gueules les mariachis ! Qu'est-ce que tu veux, p'tite tête de journaliste à la solde du grand capital luxembourgeois ? Tu vois pas que j'travaille ?

Jade : Je voulais vous faire réagir sur la polémique concernant votre voyage en Amérique du Sud en pleine pandémie...

Mélenchon : C'est pas un p'tit virus qui va m'empêcher de faire la révolution... *Hasta siempre !* J'fais pas du tourisme, j'fais d'la politique !

Jade : Aller en Amérique du Sud au moment où le variant brésilien fait craindre le pire, ce n'est peut-être pas une bonne idée...

Mélenchon : C'est peut-être pas une bonne idée... Qu'est-ce tu crois ? Qu'on fait la révolution en restant le cul planté sur sa chaise ?

Ruffin : Tenez, Lider maximo Mélenronne, à propos de barreaux de chaise, je vous ai ramené tous les cigares que vous m'avez commandés...

Mélenchon : Tais-toi, Ruffin ! On va encore m'accuser de prendre du bon temps en Amérique du Sud !

Jade : Bonjour François Ruffin... Vous êtes aussi du voyage ?

Ruffin : Oui, il m'a emmené avec lui... Il est gentil, le Lider maximo Mélenronne... c'est comme ça qu'il veut qu'on l'appelle maintenant...

Jade : Et ce voyage vous fait progresser en techniques révolutionnaires ?

Ruffin : Oh ! oui... Maintenant, j'arrive à boire trois rhums d'affilée sans vomir...

Mélenchon : Mais qu'il est con !

Fabrice Luchini

LE POURRISSEMENT DE L'ATTENTE

Jade : Bonjour Fabrice Luchini. Quel bon vent vous amène ?

Luchini : Victor Hugo a dit : « Le plus grand ennui, c'est d'exister sans vivre. » « Exister sans vivre », je sais pas si t'as remarqué, mais c'est un peu ce qui nous arrive en ce moment, non ? Tu vois, Hugo, c'est énorme de prémonition. T'as l'impression qu'il avait prévu qu'on rouvrirait pas le 15 avril mais plutôt le 15 mai ou le 15 août. Alors c'qui m'amène, la Jade, c'est l'ennui. Le « pourrissement de l'attente », comme disait Kierkegaard, si tu préfères...

Jade : C'est vrai que nous attendons tous la fin de cette période si particulière... comment vous passez le temps, vous, Fabrice ?

Luchini : Je lis *Libé*, la Jade ! Il se passe toujours des trucs dans *Libé*. Même quand toutes les salles de spectacle sont fermées, y te dénichent des spectacles de danse à voir en ligne.

Jade : Aaah ! Comme au bon vieux temps ! C'est toujours Ève Beauvallet qui chronique la danse ?

Luchini : Toujours, la Jade. Là, par exemple, elle t'a trouvé un spectacle de danse tyrolienne capté à l'Opéra de Lyon disponible sur YouTube. Bon, ne t'emballe pas trop vite, ce ne sont pas des beaux bûcherons en bermudas qui se tapent sur les cuisses en faisant des yodels, hein !

Jade : Dommage...

Luchini : Je te rappelle qu'on est à *Libé*, la Jade, donc Ève Beauvallet te prévient, je cite : « Le chorégraphe italien Alessandro Schiaroni dépoussière la danse tyrolienne appréciée des nazis et engluée dans ses clichés communautaires de barbus en culotte de peau rotant leur bière. »

Jade : Admettons, et comment il dépoussière tout ça, le chorégraphe italien ?

Luchini : Je te lis : « Les danseurs en baskets fluo et chemises à carreaux remixent de la danse bavaroise sur une boucle de musique électro. » Bon, jusque-là, tu te dis que y a rien de nouveau, c'est la routine contemporaine. Mais là, Ève Beauvallet te prévient, je cite : « Il se passe quelque chose de radical. À force de regarder les danseurs répéter de manière obsessionnelle l'unisson rythmique, on comprend peu à peu la règle du jeu : la pièce dure aussi longtemps qu'il y a des spectateurs dans la salle... LA PIÈCE DURE AUSSI LONGTEMPS QU'IL Y A DES SPECTATEURS DANS LA SALLE ! Autrement dit, si tu veux que ça s'arrête, les mecs en shorts qui piétinent sur place, tu fais comme Adèle Haenel aux César : tu te lèves et tu te casses. C'est énorme ! et Ève Beauvallet t'avoue au passage qu'elle a tenu deux heures.

Jade : C'est déjà pas mal...

Luchini : Oui, mais tu vois, la Jade, le coup du spectacle qui a pour but de faire partir le spectateur, c'est absolument génial !

Jade : Ah bon ? Comment ça ?

Luchini : Mais parce que, du coup, tu regrettes moins que certaines salles de spectacle soient encore fermées.

Jean-Pierre Pernaut

LE TOUR DE FRANCE DES RESTAURANTS CLANDESTINS

Jade : Depuis son départ de TF1, notre ami Jean-Pierre Pernaut anime sa nouvelle émission, *Jean-Pierre et vous,* sur LCI. N'est-ce pas, Jean-Pierre ?

Pernaut : Eh oui ! ma petite Jade, une émission dédiée à la vie dans nos régions, ces régions que nous aimons tant !

Jade : Et quel est le thème de votre émission du jour ?

Pernaut : Eh bien ! je parlerai des restaurants clandestins. En effet, il n'y a pas qu'à Paris qu'on dîne en cachette, partout en France, de nombreux restaurateurs investissent des lieux secrets, tout simplement pour pouvoir survivre aux restrictions absurdes imposées aux honnêtes gens par les imposteurs qui nous gouvernent.

Jade : Dites-nous en plus, Jean-Pierre…

Pernaut : Eh bien ! prenons la route de Troupômé, dans la Creuse, où monsieur Chong Tang, le nouveau directeur de la SPA locale, a caché dans l'enceinte de la SPA un délicieux restaurant à viandes qui ne désemplit pas, au contraire de son refuge. Preuve qu'il est possible d'associer régime carné et bien-être animal, contrairement à ce que prétendent les invertis des médias parisiens.

Jade : Ça me donne faim.

Pernaut : On part maintenant à Enfile-la-Monarque, juste à côté de Bourg-la-Reine, un lieu bien connu des amateurs de prostituées qui garent leurs camionnettes sur le bord de la D154. Un camouflage idéal pour le chef italien Jiaccomo Di Bouffala, qui y a garé son camion à pizzas, au grand plaisir des visiteurs qui peuvent déguster une bonne pizza quatre saisons avant d'aller manger de la tarte aux poils pour le dessert.

Jade : Ah oui ! c'est astucieux.

Pernaut : Et pour terminer notre petit tour de France des tables clandestines, on appelle tout de suite un petit maire divers droite apparenté Jean-Frédéric Poisson.

Jade : Ah ! je crois deviner… Allô, monsieur le maire ?

Chiasson : Allô, Paris ? C'est Jacky Chiasson !

Jade : Bonjour, monsieur Chiasson ! Vous aussi, vous avez une petite table secrète à nous conseiller ?

Chiasson : Absolument ! Dans not'petit village d'la Fistinière, on a ouvert le sous-sol d'la mairie pour organiser des dîners, parce que c'est pas les technocrates de Paris qui vont nous dire comment qu'on doit vivre ! On a un menu complet, on a même prévu le trou normand… Et tout ce qu'il faut pour le remplir ! Faudra venir nous voir, avec monsieur Calvi !

Professeur Raoult

COCKTAIL VACCINAL

Jade : Le ministère de la Santé s'oriente vers ce que l'on appelle le cocktail vaccinal. Ainsi les moins de 55 ans qui ont déjà reçu une dose d'AstraZeneca, potentiellement dangereux, vont recevoir une deuxième dose d'un autre vaccin. Faisons le point avec le sosie officiel de Patrick Sébastien, le professeur Didier Raoult.

Raoult : Saluuuuuuuut, peuchère ! Tu me connais, je suis pas du genre à dire du bien de ce fada de Véran, parce que sous le costume cravate du ministre, il y a une grosse brèle. Il a beau faire le mariole, le Véran, avec sa tête de ravi de la crèche, il nous met toujours la panade avec ses fariboles… Mais pour une fois, je vais dire : bravo collègue ! Son idée de cocktail vaccinal, c'est génial !

Jade : C'est bien la première fois que vous dites du bien d'Olivier Véran…

Raoult : Tu sais, pitchoune, sous ma blouse blanche d'éminent professeur dont tous les marabouts d'Afrique s'arrachent les prédictions, il y a pas un jobastre, il y a un scientifique qui sait reconnaître les bonnes idées. Et le cocktail vaccinal à Véran, c'est une putain de bonne idée mais il faut aller plus loin…

Jade : C'est-à-dire ?

Raoult : C'est-à-dire que si on te sert un cocktail à base d'AstraZeneca et de Pfizer, les cagoles infirmières doivent te l'administrer avec une rondelle de citron et le petit parasol qui va bien !

Jade : Qu'est-ce que vous racontez ?

Raoult : Et pour un bon cocktail vaccinal, j'ajouterais même des olives marinées à la chloroquine… Parce que la chloroquine, c'est que d'l'amour !

♫ On est des dingues, dingues, dingues
De la seringue, ringue, ringue
On a des paillettes et des confettis dans la pipette ! ♫

Hubert Reeves

SPACE X

Jade : C'est demain jeudi que doit décoller la nouvelle fusée Space X, en direction de la Station spatiale internationale, avec à son bord quatre astronautes dont notre Thomas Pesquet national. Une grande première qui doit vous enthousiasmer, Hubert Reeves.

Reeves : En tant qu'astrophysicien spécialiste du cosmos et des vols habités, j'suis obligé d'vous dire qu'faut pas être bien futé pour aller s'confiner six mois dans 30 mètres carrés alors qu'les terrasses et les restaurants vont bientôt rouvrir sur la Terre. D'autant que si j'en crois mes rhumatismes, le beau temps va enfin revenir.

Jade : Ah bon ? Ça ne vous fait pas rêver cette nouvelle mission rendue possible sans les Russes grâce à la fusée Space X ?

Reeves : En tant qu'observateur impartial et rigoureux, j'suis obligé d'vous dire que j'vois pas l'intérêt d'aller en orbite, manger en chaussettes, avec la tête à l'envers, d'la crème Mont-Blanc en tube pis des conserves de cuisine moléculaire préparées par Thierry Marx. Et en plus, faut dormir debout tout habillé et faire ses besoins dans un aspirateur.

Jade : Cette équipe internationale mixte qui collabore dans l'espace, ça reste quand même une belle aventure humaine, non ?

Reeves : En tant qu'scientifique qu'a ben observé les photos d'l'équipage, tout c'que j'peux vous dire, c'est qu'en ce qui concerne la mixité à bord faut pas rêver : les femmes astronautes embarquées, c'est pas Zahia ou Kim Kardashian. C'est plutôt du côté du Q.I. qu'elles sont surdouées. Et le pire, à bord d'la station, c'est que même si y a seize couchers de soleil par jour, y a pas seize apéros !

Patrick Bruel

THE ARTIST ACADEMY

Jade : En cette période creuse pour le spectacle vivant, certains artistes ont décidé de donner des cours en vidéo. C'est le cas de notre ami Patrick Bruel, qui propose une masterclass sur la plateforme The Artist Academy. Bonjour Patrick Bruel.

Bruel : Bonjour Jade, et bonjour à tous ceux et toutes celles qui seront les artistes de demain grâce à ma masterclass en exclusivité, où je révèle tous mes secrets pour créer un parcours artistique gagnant-gagnant !

Jade : C'est très alléchant, en effet. Pour 117 euros, vous promettez neuf leçons en vidéo, un coaching vidéo avec vous et une rencontre physique en comité restreint. Vous dites, je cite : « Je vais vous donner mes secrets d'artiste pour oser tout ce qui vous fait vibrer. » C'est bien ça ?

Bruel : C'est ça. Tu l'as pas mal dit mais tu l'as fait un peu trop « Télé Achat », j'te mets 3 sur 10. Quand tu dis « oser tout ce qui vous fait vibrer », ça fait un peu sex toy. Moi, j'te parle de sensibilité, d'émotion. Vas-y, reprends ta lecture.

Jade : Vous dites aussi : « Soyez votre plus belle réussite, activez vos talents cachés auprès d'un maître d'exception et allez au bout de vos rêves ! »

Bruel : Voilà, là t'es un peu plus dans l'truc. Tu vois que toi aussi, t'as un talent artistique caché, une sensibilité à exprimer. Tu devrais t'inscrire à ma masterclass pour créer ton parcours artistique gagnant-gagnant.

Jade : Mais concrètement, qu'est-ce que vous allez leur apprendre à vos stagiaires ?

Bruel : Je vais commencer par des trucs tout simples. Par exemple pousser un cri de révolte. Tiens, vas-y, pousse un cri de révolte pour voir.

Jade : Aaah !

Bruel : Non, tu vois, c'est pas gagnant-gagnant, ton cri… Essaie d'y mettre plus de sensibilité cachée. AAAARGH !!…

Jade : AAAAH !

Bruel : Ouais, c'est un peu mieux mais si tu viens à ma masterclass, on va bosser sur ton cri et tu vas voir que toi aussi tu seras comme moi, hypercrédible et révoltée.

Jade : Et à part ça, qu'est-ce que vous allez enseigner aux participants à votre masterclass ?

Bruel : Tout ! Tu sais bien que j'peux tout apprendre : jouer la comédie, faire du théâtre, se casser la voix, bluffer au poker international, bien s'faire masser les fesses, être indigné et solidaire…

Jade : Solidaire de quoi et indigné par quoi ?

Bruel : On s'en fout. Tu vois t'es trop cérébrale ! Comme je le dis dans ma pub, c'est l'intention artistique qui compte. Si tu t'inscris, je vais t'apprendre tout ça. Franchement, pour 117 euros, c'est donné.

Jade : Bon, si vous insistez, je vais peut-être m'inscrire…

Bruel : Ouaaaiiiis ! Tu vas voir, tu vas pas regretter, j'te ferai chanter du Fréhel et du Damia. Tu vas cartonner ! (il chante) ♫ La guinguette a fermé ses volets… ♫

Une page de publicité avec Benjamin Castaldi

COMME J'AIME !

Castaldi : Bonjour ! C'est Benjamin Castaldi ! Nous sommes en pleine saison des asperges. Avec une bonne mayonnaise, c'est délicieux, en ce moment j'en mange tous les jours… Sauf que moi, les asperges, j'aime pas ça, du coup je mange que la mayonnaise. Résultat : j'ai pris 3 kilos en une semaine, et mon partenaire Comme J'aime refuse de me faire mon chèque de 500 000 boules.

Alors, si vous voulez m'aider, vous pouvez acheter ma perche à selfie, que j'ai mise en vente sur Le Bon Coin. Et vous pouvez aussi acheter mon livre où je raconte comment mon Papy Queutard il a été mettre son asperge dans le cabas de Marilyn Monroe qui elle aussi aimait bien la mayonnaise.

Sur ce, je vous laisse, il faut que j'aille écrire le volume IV des aventures de Mamy Cocu pour pouvoir payer mes impôts. Alors merci Mamy Cocu, et merci Papy Queutard !

Guy Lux/Léon Zitrone

L'INTERVILLES DE LA VACCINATION

Jade : Le gouvernement envisage une grande campagne de communication avec l'aide des principales chaînes de télévision pour encourager les Français à se faire vacciner notamment à l'AstraZeneca qui ne bénéficie pas d'une bonne publicité. Imaginons comment les papes de la télé d'antan s'y seraient pris. Je veux parler bien sûr de messieurs Guy Lux et Léon Zitrone.

Guy Lux : Eh bien ! bonsoir... Bienvenue à ce top aux Intervilles de l'Eurovision de la vaccination... On va passer quelques semaines, voire quelques mois ensemble... Ici on n'est pas en Israël ni chez les rosbifs, on connaît les gratte-papier et l'administration française, ça risque de durer ! J'en profite pour passer un message personnel à ma charmante épouse... Paulette, ça sert à rien de me laisser la bectance au chaud, sors le chien, finis tes mots fléchés, enlève tes bigoudis, mets la viande dans le torchon, bref, m'attends pas, j'suis pas près de rentrer à la bicoque !

Pour vous faire vivre cette campagne de vaccination qui sera sans doute mémorable, on va tout de suite retrouver notre ami Léon Zitrone au vaccinodrome de Boulogne-sur-Mer... C'est à vous, mon cher Léon !

Léon Zitrone : Guy ! Guy Lux ! Guy Lux !

Guy Lux : C'est bon, Léon, vous m'avez pété les tympans, j'ai les oreilles qui saignent, pas besoin de gueuler comme un goret, on vous entend très bien, et nos téléspectateurs aussi, ils nous écoutent sur leur Radiola 4000 dolby surround... Alors calmez-vous et baissez en pression, mon cher Léon !

Léon Zitrone : Jean Castex, en personne, vient de livrer 10 000 doses d'AstraZeneca... J'attends donc, fébrile, la venue en masse de milliers de Français !

Guy Lux : Justement, on va faire tout de suite le point au standard SVP 11 11 Balzac 32 avec Gennaro... Gennaro, combien de Français veulent de l'AstraZeneca ?

Gennaro : AstraZeneca, zéro... AstraZeneca, ziro... AstraZeneca dzero...

Guy Lux : Oui, ben c'est bon, Gennaro, on a compris... Il est con, le macaroni, zéro ça se dit pareil dans toutes les langues, on va pas faire la soirée là-dessus ! Ah ! Je vois sur mon écran de contrôle Telefunken 4 couleurs que la charmante Simone Garnier nous appelle... J'en profite pour saluer ses sponsors : Ripolin pour le maquillage et Jardiland pour la coiffure... Vous êtes très en beauté, ma chère Simone !

Simone Garnier : Merci Guy... On nous informe que selon l'Agence européenne du médicament les avantages du vaccin Johnson & Johnson l'emportent sur les risques, ajoutant toutefois la formation de caillots de sang aux effets secondaires...

Guy Lux : L'Union européenne a décidément un sens inné de la communication... Les caillots de sang, ça me fait penser à passer un nouveau message personnel à mon épouse : Paulette, demain, pense à prendre du boudin chez le charcutier !

Léon Zitrone : Guy ! Guy Lux ! Ici au vaccinodrome de Boulogne-sur-Mer, un car de personnes âgées s'en prennent à moi en hurlant : « On veut du Pfizer ! On veut du Pfizer ! » Un petit vieux, en brandissant sa canne, vient de casser mes lunettes ! Je ne vous entends plus, je ne vous vois plus !

Guy Lux : C'est pas plus mal, mon cher Léon... La vaccination française, le mieux, c'est encore de ne pas la voir ! Ici Cognac-Jay, à vous le confinement pendant trente ans !

Les Deschiens

QUI N'EN VEUT DES TERRASSES ?

Morel : 3615 code « Qui n'en veut des terrasses » avec aujourd'hui mon gars Bruno Lochet, bonjour Bruno, comment t'appelles-tu ?
Lochet : Ben, euh, Bruno Lochet.
Morel : Alors, mon Bruno, toi tu es très favorable à la rouve… à la verrou… raaah… à la RÉOUVERTURE des terrasses.
Lochet : Oh ! ben oui, parce que, avec le retour du beau temps, c'est quand même dommage de rester enfermé dans le salon alors qu'on pourrait prendre l'apéro sur la terrasse.
Morel : Oui, mais là, mon Bruno, on parle des terrasses des bars et des restaurants, pas de la terrasse de ta maison ! Parce que la terrasse de ta maison, tu as le droit d'y aller quand tu veux, mon Bruno !
Lochet : Ah bon ? Ah ben, si j'avais su… Avec ma femme ça fait trois mois qu'on reste dans le salon… On sort même plus le chien, on l'a dressé pour faire pipi dans les waters…
Morel : Ah ! je comprends ! Tu me fais marcher, mon Bruno ! Tu me fais une blague ! Ha, ha, ha ! elle est bonne ! Tu m'as bien eu, mon Bruno !
Lochet : Ah ben non, je plaisante pas… Même que le week-end dernier, vu qu'il faisait beau, on a voulu faire un barbecue, mais du coup on l'a fait dans le salon, et ça a senti la chipolata grillée pendant trois jours. En plus c'était pas facile à manger, les chipos, avec le masque.
Morel : Ah ! parce que tu portes aussi le masque à l'intérieur de la maison ?
Lochet : Ben oui ! moi, je respecte les règles.
Morel : C'est bien de respecter les règles, mais là, mon Bruno, excuse-moi de te le dire comme ça, mais tu es complètement con, mon Bruno !
♫ Qu'as-tu donc dans ton panier ?
Un cerveau, un cerveau
Qu'as-tu donc dans ton panier ?
Un cerveau pour Bruno Lochet…
♫

Brigitte et Emmanuel Macron

L'ÉLYSÉE PARLE AUX JEUNES

Jade : Le gouvernement va lancer une campagne de communication autour de la vaccination. Il s'agit notamment de toucher les jeunes qui seraient les moins enclins à se faire vacciner. Partons à l'Élysée.

Brigitte : ♫ He's a spaaaacer la la la la la la… ♫
Emmanuel ! Emmanuel !
Macron : Mais-euh, Brizitte ! Je m'occupe de ma loi sur le séparatisme, faut pas me déranger !
Brigitte : À propos de séparatisme, tu ferais bien de te séparer de ton Premier ministre. Ce monsieur Castex est un ringard ! On ne s'est pas emmerdés à faire des vidéos YouTube avec les jeunes MacFly et Carlito pour finir avec Sheila qui se fait vacciner !
DRIIIIIING !
Brigitte : Et ça recommence ! Cellule de crise des Macron, j'écoute ?
Line : Allô Brigitte, c'est Line Renaud ! Alors comme ça, le p'tit a choisi Sheila pour faire la promo du vaccin ?
Brigitte : C'est pas lui, c'est Castex !
Line : C'est pas sérieux ! Sheila, c'est une gamine ! Il vous faut une personne d'expérience qui sait parler aux jeunes !
Brigitte : Vous pensez à qui, Line ?
Line : À moi bien sûr ! J'pourrais même adapter le tube de ma copine Aya Nakamura !
♫ Oh ! AstraZeneca
Y a pas moyen AstraZeneca ♫
Brigitte : ♫ J'suis pas ta catin AstraZeneca
Genre en catchana baby tu dead ça ♫

MAI

On se prépare au déconfinement

La surveillance en ligne

La tribune des généraux

Les appels au calme de MC Bâatard

Les énervements de Jean-Luc Mélenchon

La réouverture des terrasses et des cinémas

JEAN CASTEX GRANDE BRADERIE GOUVERNEMENTALE

Jade : Après les gérantes de boutiques de lingerie qui ont envoyé des petites culottes au Premier ministre, c'est au tour des marchands de chaussures et de savon d'expédier leur marchandise à Matignon. Bonjour Jean Castex.

Castex : Ah bon ? C'est à moi ? Vous êtes sûre ? Je n'ai pas entendu la petite sonnette… Iiiiiiiiii ! Ah ! la voilà ! Mes chers compatriotes, en responsabilité, en responsabilité, je vous ai reçu cinq sur cinq. J'ai reçu des culottes, des vieilles godasses, de toutes les tailles, avec ou sans talon. J'ai reçu du savon, au miel, à la lavande, à l'argile verte, j'ai reçu des assiettes, des chocolats fondus, des bijoux fantaisie, des tables basses…

Jade : Oui, on a compris, monsieur le Premier ministre : tous les commerçants fermés car jugés non essentiels vous envoient leur surplus…

Castex : C'est ça, mais pas seulement, pas seulement. J'ai aussi reçu des noms d'oiseaux, des noms d'oiseaux. Par La Poste, et en direct lors de mes déplacements.

Jade : Et qu'est-ce que vous comptez faire de toute cette marchandise reçue ?

Castex : Dès que les conditions sanitaires le permettront, j'organiserai une grande brocante à Matignon comme je le fais dans ma ville de Prades. Mais au lieu de vendre des posters de Poulidor ou Louison Bobet et d'offrir une cargolade ou des bougnettes, comme nous le faisons à Prades, nous offrirons un vaccin AstraZeneca gratuit à tout acheteur de souliers, de culottes, de savonnettes, de…

Jade : Oui, merci monsieur Castex, on a compris l'idée.

Castex : Sans oublier, naturellement, un grand tir aux pigeons sur nos promesses de réouverture.

Jean-Luc Mélenchon

NO PASARAN !

♫ coucouroucoucou ♫

Mélenchon : Vos gueules, les mariachis !

Jade : Bonjour Jean-Luc Mélenchon… Vous êtes revenu d'Amérique du Sud accompagné, à ce que je vois…

Mélenchon : Maintenant, ils me suivent partout avec leurs sombreros, leurs guitares et leurs maracas à la con ! Mais il fallait que je revienne en France pour sauver le pays ! La junte militaire ne passera pas ! *No pasaran*, les gringos en kaki !

Jade : De quoi parlez-vous ?

Mélenchon : À ton avis, p'tite tête de journaliste à la solde du grand capital luxembourgeois ?! J'te parle des généraux qui veulent prendre le pouvoir par les armes !

Jade : Oui, enfin ce sont des militaires en retraite qui n'ont fait que publier une tribune où ils n'appellent pas directement au putsch…

Mélenchon : Justement, c'est bien ça qui m'inquiète ! T'as déjà pris un coup de canne, toi ? Ça fait mal, figure-toi ! Tu t'es déjà fait mordre par un dentier ? Non ? Eh ben moi, oui ! Un jour, au siège du PCF, je me suis assis sur le dentier qu'avait oublié Pierre Juquin, je peux te dire que j'ai jonglé !

Ruffin : On-s'laiss'-ra pas faire / Par-les-militaires !

Jade : Bonjour François Ruffin…

Ruffin : Bonjour madame… Nous à La France insoumise, on va aider le président Macron à résister au putsch de la junte militaire… Tenez, regardez, je me suis fait un tee-shirt à message, c'est écrit dessus : « Tous avec Macron, les généraux au peloton ! »…

Mélenchon : Tais-toi Ruffin ! On s'en fout de Macron !

Ruffin : Ben oui, mais si on s'en prend aux putschistes, forcément on défend Macron, non ?

Jade : François Ruffin n'a pas tort…

Ruffin : Mais si vous préférez, senior Mélenronne, je peux être avec les militaires… Vive-les gé-né-raux / Ma-cron au poteau !

Jade : Ah oui ! mais là, François Ruffin, ça veut dire que vous êtes d'accord avec Marine Le Pen…

Ruffin : Ah ! zut…

Mélenchon : Mais qu'il est con !

Brigitte et Emmanuel Macron

ON SE PRÉPARE POUR LE DÉCONFINEMENT

Jade : Emmanuel Macron a annoncé le calendrier du déconfinement. Ainsi à partir du 19 mai, les théâtres et les cinémas devraient pouvoir rouvrir partiellement. Pour comprendre ces mesures, partons à l'Élysée.

Brigitte : « Couvrez ce sein que je ne saurais voir :
Par de pareils objets les âmes sont blessées,
Et cela fait venir de coupables pensées. »

Emmanuel : Brizitte ! Brizitte ! On s'entend plus dans cette baraque ! Qu'est-ce que tu fais ?

Brigitte : Je répète *Tartuffe* de monsieur Molière… Si tu as décidé de rouvrir les théâtres, c'est pas pour rien !

Emmanuel : Mais c'est pas pour toi, Brizitte ! C'est pour les vrais comédiens…

Brigitte : C'est vrai qu'avec tous les tartuffes que tu as dans ton gouvernement, c'est pas les rôles de composition qui manquent !

DRRRRIIIING !

Brigitte : Y avait longtemps ! Résidence des jours heureux des Macron, j'écoute ?

Bachelot : Allô allô, c'est Roselyne Bachelot, la miraculée de la culture !

Brigitte : Bonjour Roselyne… Vous êtes heureuse que les théâtres rouvrent ?

Bachelot : Mais oui, mais oui… En revanche, j'ai vu que les discothèques restaient fermées jusqu'à la Saint-Glinglin… Je reçois de nombreuses plaintes des DJ !

♫♫♫♫♫♫

Brigitte : Qu'est-ce que c'est que ce boucan !

Bachelot : Bien obligée de faire boîte de nuit chez moi ! Y a David Guetta aux platines et Castex qui a mis sa cravate autour de la tête !

Brigitte : Oui, ben respectez les gestes barrières, hein ! J'ai pris mes places pour *Boeing Boeing* au théâtre Daunou, n'allez pas tout foutre par terre !

Drrriing !

Brigitte : Et c'est reparti ! Qui va là ?

Line : Allô Brigitte, c'est Line Renaud ! Alors comme ça, le p'tit va assister au concert-test d'Indochine à Bercy ?

Brigitte : Oui, Emmanuel veut être associé à la reprise des spectacles pour les jeunes.

Line : Oh ! vous savez, Nicolas Sirkis, depuis qu'il s'est fait la coupe de cheveux de Sophie Davant, c'est plus ce que c'était !
Brigitte : Ce sera quand même une belle aventure…

Line : ♫ Bob Morane contre tout chacal…
Brigitte :… L'aventurier contre tout guerrier ♫

Pascal Praud

« L'HEURE DES CROCS »

Jade : En prévision de l'élection présidentielle de 2022, notre ami Pascal Praud continue de mettre au point son nouveau format d'émission de débat désinhibé qu'il a intitulé : *L'heure des crocs.* En voici un nouvel extrait.

Praud : Bonzour à tous, c'est Pascal Praud pour *L'heure des crocs*, l'émission qui renifle le derrière de l'actualité et lève la patte contre le réverbère de la bien-pensance. Je reçois quatre éditorialistes qui n'ont pas leur langue dans leur poche : Alain Duhamel, Alain Finkielkraut, Laurent Joffrin et Jacqueline de la Raie (de Médiapart) mais aussi, afin de nous ouvrir à la société civile, j'accueille un petit maire de la France d'en bas, Jacky Chiasson. On commence par le pronostic d'Alain Duhamel pour la présidentielle.

Joffrin : Mmmfffmfmmmf !!!

Praud : Ah ! oui, pardon, j'oubliais : Laurent Joffrin et son bâillon à boules m'informent qu'Alain Duhamel est déjà couché car demain il présente sur Public Sénat son nouveau livre de prospection politique intitulé *Pierre Méhaignerie, président en 2022*. Je me tourne donc vers Alain Finkielkraut.

Finkielkraut : Monsieur Praud, j'espère qu'au cours de ce débat vous n'allez pas m'interroger sur la soirée mousse clandestine que j'ai organisée à l'Académie française. Je vous rappelle que nous fêtions les 91 ans d'Hélène Carrère d'Encausse…

Praud : Attention, Alain Finkielkraut, nous sommes à l'antenne.

Finkielkraut : Ah bon ? Ça tourne ? On m'a entendu parler de la soirée mousse ?

Jacqueline : Et voilà, le vieux mâle cisgenre s'est démasqué tout seul ! D'ailleurs, selon une enquête explosive de Médiapart, il n'y a toujours pas de drag-queen à l'Académie française ! C'est de la discrimination intersectionnelle !

Finkielkraut : Gna, gna, gna ! Monsieur Praud, je vous prie de bien vouloir faire taire cette inquisitrice hystérique !

Jacqueline : Essayez un peu pour voir ! J'ai ici de quoi faire sauter la République !

Praud : S'il vous plaît, je vous demande de rester calmes et dignes car je me tourne maintenant vers un représentant de la France profonde, Jacky Chiasson, maire de La Fistinière. Bienvenue monsieur Chiasson !

Chiasson : Bonjour à tous, j'suis encore ben content d'avoir fait l'déplacement parce que j'vous aime bien, vous, m'sieur Praud. Vous êtes plein d'bon sens, vous dites tout haut c'que nous, les gens, on pense tout bas.

Jacqueline : Pas du tout, monsieur Chiasson ! Il n'y a que nous, à Médiapart, qui disions la vérité !

Chiasson : Qu'est-ce qu'elle en a après moi, l'autre excitée ? Elle f'rait mieux d'aller faire sa soupe au lieu d'dire des bêtises plus grosses qu'elle. Elle m'fait penser au maigrichon prétentieux avec sa bande de jeunes dans l'émission *Quotidien* sur la 10. J'parie qu'y gagnent des mille et des cents ceux-là pour nous faire la leçon tous les soirs.

Praud : Bien entendu, par souci d'équité, nous inviterons Yann Barthès et ses chroniqueurs de *Quotidien* s'ils souhaitent vous répondre.

Chiasson : Pensez-vous ! Y viendront jamais ! Y z'ont trop les chocottes ! Y en a un qu'y faudrait plutôt inviter, c'est Gérard Lanvin. J'l'aime bien, lui, avec sa casquette, pareille que la mienne, y leur envoie pas dire leurs quatre vérités.

Praud : Eh bien, voilà qui est dit ! Un grand merci à tous et à toutes pour cette participation à *L'heure des crocs.*

Chiasson : Comment, c'est déjà fini ? Mais j'ai encore rien dit sur l'opération portes ouvertes à La Fistinière !

Marine Le Pen

ET LE QUARTERON DE GÉNÉRAUX À LA RETRAITE

Jade : Marine Le Pen a apporté son soutien à la tribune des militaires en retraite contre le délitement de la France, considérée par certains comme un appel au putsch, ce que démentent ses auteurs. Dans le même temps, on apprend que la présidente du Rassemblement national s'est rapprochée de son père avec qui elle était en froid. Partons à Montretout chez les Le Pen.

Toc toc toc !

Marine : Ouvre-moi la porte, Papa, c'est moi, Marine !

Jean-Marie : Oh ! ma petite fillotte ! Je suis bien aise de te voir… J'étais en train d'écouter ma collection de disques 33 tours de musique militaire teutonne, n'est-ce pas… D'ailleurs, je voudrais te féliciter d'avoir rejoint le quarteron de généraux séditieux ! Tu reviens enfin aux racines putschistes du Parti national, n'est-ce pas ! Mais, vois-tu, je crains que faire un putsch avec des militaires en déambulateur ne soit point efficace !

Marine : Calme-toi, Papa ! Je ne compte pas faire un putsch. En 2022, je serai élue démocratiquement ! De toute façon, ce n'est pas pour ça que je viens te voir… C'est à propos de ton chien Benito ! Il n'arrête pas de s'en prendre à ma petite chatte Caramel, il faut que cela cesse, Papa !

Jean-Marie : Il m'étonne que Benito, mon adorable Dobermann, s'en prenne à ton chat afghan pour lequel il n'a que peu de goût et qui pourtant n'a de cesse d'envahir notre territoire, n'est-ce pas ! Benito préfère folâtrer avec les bergers allemands du quartier ! Alors au lieu de geindre, tu ferais mieux de reconduire fermement ta boule de poils afghane à la frontière du jardin, n'est-ce pas ! Allez, *auf wiedersehen !*

CLAC !

Maréchal Moustache : Chef Le Pen… C'est le maréchal Moustache qui te parle…

Jean-Marie : Oh ! maréchal Moustache… Que me vaut le plaisir de votre visite céleste ?

Maréchal Moustache : Chef Le Pen, tu dois demander à ta fille Marine de rentrer dans le rang et surtout de ne pas s'accoupler avec ces généraux insurgés !

Jean-Marie : Enfin, maréchal Moustache, j'eusse pensé qu'un quarteron de généraux eût dû vous plaire ?

Maréchal Moustache : Tu oublies que le plus grand factieux de l'histoire fut le général de brigade de Gaulle qui m'a causé bien des tracas. Depuis, et par sa faute, je prends les quatre vents à l'île d'Yeu ! Au lieu de Marine, place tes espoirs sur ta petite-fille Marion qui porte le doux nom de Maréchal... Et pour être sûr qu'elle conduise le pays au salut, demande-lui de se laisser pousser la moustache !

Michel Chevalet

SURVEILLANCE EN LIGNE

Jade : Le gouvernement a déposé son projet de loi antiterroriste qui concerne notamment la surveillance en ligne. Faisons le point avec notre spécialiste en tout, Michel Chevalet.

Chevalet : La surveillance en ligne, comment ça marche ? Eh bien, c'est très simple. Grâce à cette nouvelle loi, les autorités vont pouvoir surveiller l'historique de vos recherches sur Internet pour savoir si vous êtes un terroriste !

Jade : J'imagine que ça va mobiliser des centaines, voire des milliers d'agents du ministère de l'Intérieur ?

Chevalet : Eh bien non, ma chère Jade, car figurez-vous, je sais, ça va vous surprendre, que nous sommes en 2021 ! Fini le policier avec le képi, la grosse moustache et la Kronenbourg à la main… Place aux algorithmes avec une jolie voix sensuelle de GPS. Tenez, je vous ai amené en exclusivité le prototype testé par le gouvernement. Il a un nom, il s'appelle Fouille-Merde !

Jade : Peut-on avoir une démonstration ?

Chevalet : Bien sûr ! Nous allons ensemble espionner l'historique web de monsieur Calvi… OK Fouille-Merde, indique-moi les dernières recherches Internet d'Yves Calvi !

Fouille-Merde : Yves Calvi a visité hier le site Marmiton.com à 112 reprises et a demandé sur Google le temps de cuisson du veau à la cocotte.

Chevalet : Et voilà ! La démonstration est faite. Yves Calvi ne compte pas perpétrer d'attentat, il s'apprête simplement à faire une blanquette de veau !

Jade : En même temps, on s'en doutait un peu…

Chevalet : Certes, mais il faut se méfier des djihadistes qui ont l'art de se cacher. Mais avec mon algorithme Fouille-Merde, rien ne me résiste. Ainsi, demandons-lui de nous donner l'historique de monsieur Calvi ces douze derniers mois !

Fouille-Merde : Yves Calvi a visité le site Saucisson.fr à 1243 reprises et le site Boire-un-petit-coup-c'est-agréable.com 6350 fois.

Chevalet : Et voilà ! Monsieur Calvi bouffe du cochon et boit du pinard, il n'est manifestement absolument pas mûr pour le djihad !

MC Bâatard

APPEL AU CALME

Jade : Des affrontements désormais quotidiens avec la police minent de nombreuses villes de France. MC Bâatard est avec nous pour en parler. Bonjour MC.

MC Bâatard : Bonjour madame RTL. Merci de m'inviter pour que je peux m'essprimer mon appel au calme pour dire aux jeunes qu'ils arrêtent de taper sur la pooolice !

Jade : Eh bien, j'espère qu'ils vous entendront MC, mais j'avoue que je suis surprise que vous défendiez la police…

MC Bâatard : Mais non, bouffonne, je défends pas la pooolice ! Je défends mon business. À cause des jeunes qui jettent des cocktails Roumanov sur les voitures, les clients ils osent plus venir acheter du teuchi… Donc je suis d'accord avec votre collègue de RTL, le keum avec les cheveux tout blancs qu'a un cheveu sur laaaa langue…

Jade : Pascal Praud ?

MC Bâatard : Oui, voilà. Il a raison Pascaaaal Praud quand il dit qu'il faut rétablir l'ordre. Moi, par exemple, j'habite à Craigny, et j'arrive plus à écouler mon teuchi à cause des racailles qui foutent laaaa merde !

Jade : Je comprends votre raisonnement, mais avouez que c'est surprenant que vous soyez d'accord avec notre ami Pascal Praud…

MC Bâatard : C'est parce que t'as des préjuuuugés ! C'est comme le petit teigneux qui ressemble à Gargamel, là, Éric Zemmour, ben je suis d'accord avec lui : faut envoyer l'armée pour nettoyer la raaaacaille !

Jade : De mieux en mieux…

MC Bâatard : Ben ouais ! qu'est-ce que tu crois, madame RTL, moi je passe ma journée devant CNEWS, c'est la seule chaîne où on défend les petits entrepreneurs. Pauvre France, comme dirait Jean-Claude Daaaassier.

Jade : Eh bien, merci MC pour cette intervention pleine de surprises !

MC Bâatard : De rien. Sur ce, je vous laisse, faut que j'aille voir Cyril Liiignac pour lui proposer des recettes de gâteau au teuchi. D'ailleurs, si ça intéresse les auditeurs de RTL, je peux faire des livraiiiiisons.

Patrick Sébastien, Michel Houellebecq et Yann Queffélec

« COUILLON DE CULTURE »

Jade : Confinement oblige, les maisons d'édition croulent sous les manuscrits. Un Français sur dix a écrit un livre pendant le confinement, selon un sondage Harris Interactive, et Gallimard demande aux auteurs d'arrêter temporairement d'envoyer des manuscrits. Un phénomène qui a inspiré à Patrick Sébastien un nouveau numéro de son émission *Couillon de culture*.

Sébastien : Les Français écrivent-ils trop de bouquins ? On va essayer de répondre à la question avec Yann Queffélec, Michel Houellebecq et Simone Trouille, directrice des éditions Pétoche. Et justement, honneur aux dames, c'est quoi, les éditions Pétoche ?

Simone (voix apeurée) : Ce sont des éditions qui veillent à ne heurter personne avec des propos offensants.

Sébastien : Et du coup, avec la hausse des manuscrits, vous publiez plus de bouquins ?

Simone : Non, c'est le contraire. Tous les manuscrits qu'on reçoit sont censurés par nos *sensitivity readers*.

Sébastien : Alors, j'explique pour les auditeurs : les *sensitivity readers*, c'est des lecteurs chargés de souligner tout ce qui est raciste ou sexiste dans un manuscrit.

Simone : Mais aussi transphobe, véganophobe, écolophobe, grossophobe, maigrophobe, albinossophobe…

Sébastien : Poil au zob ! C'est bon, nous faites pas toute la liste, sinon on y sera encore à Noël. Donc, si je résume : c'est pas parce qu'il y a plein de manuscrits qu'il y a plus de livres dans les librairies. T'en penses quoi mon Miche-Miche ?

Houellebecq : J'en pense que c'est pas plus mal, parce que les journaux intimes de confinement de Jean-Pierre et Monique, ça n'intéresse personne. Ce que les gens veulent, ce sont des livres nietzschéens qui racontent la fin inexorable de la civilisation européenne.

Sébastien : T'es d'accord avec ça, Yann Queffélec ?

Queffélec : Ah non ! je ne suis pas d'accord ! Ce que les gens veulent, c'est des livres qui font voyager ! En Bretagne, par exemple ! Parce que la Bretagne, c'est génial ! Y a des marins, du chouchen et des galettes-saucisses ! Et les galettes-saucisses, c'est génial !

Sébastien : Poil au trou de balle ! Eh ben, je suis totalement d'accord avec Yann, ce que les gens veulent, c'est de la littérature bienveillante, d'ailleurs je rappelle que mon bouquin *Et si on était bienveillant* est toujours disponible, parce que sous le nez rouge du clown, y a aussi un philosophe qui donne du bonheur aux gens, poil aux dents ! Avant de conclure je vais vous demander les titres de vos prochains livres. Je commence avec toi, Simone, c'est quoi le prochain bouquin des éditions Pétoche ?

Simone : Nous allons sortir *Cahier*, un livre d'Areski S'mouillepas, et ce sera un cahier rempli de pages blanches qui n'offensent personne.

Sébastien : Ha, ha ! génial ! Et toi, mon Miche-Miche ?

Houellebecq : Moi, je suis en train de travailler sur un roman visionnaire qui s'appellera *Grand remplacement*.

Sébastien : Ah ! putain ! je me demande bien de quoi ça va parler… Et toi, mon Yann Queffélec ?

Queffélec : Moi je vais sortir simultanément *Le Dictionnaire amoureux de la Bretagne*, *Le Morbihan expliqué à ma fille* et *La Galette-saucisse pour les Nuls*.

Sébastien : Eh bien, merci les amis ! On se retrouve la semaine prochaine pour aborder une question d'actualité qui n'a encore jamais été abordée : « Peut-on encore rire de tout ? » J'en parlerai avec Jean-Marie Bigard, Tex et Pascal Praud. D'ici là prenez soin de vous, soyez bienveillants et achetez des bouquins, parce que les bouquins, c'est que de l'amour !

Philippe de Villiers

LE JOUR DES RÉVÉLATIONS

Jade : Philippe de Villiers fait le tour des radios et télévisions pour la promotion de son livre *Le Jour d'après*, qui d'ailleurs caracole en tête des ventes...

Villiers : Montjoie ! Saint-Denis !

Jade : Bonjour Philippe de Villiers...

Villiers : J'enfourcherai à la pointe de mon stylo plume les Guillaume Musso et Marc Lévy comme des rôtis ! Quant à Amélie Nothomb, qu'elle se prépare à se faire lécher son chapeau noir de sorcière par les flammes de ma verve littéraire ! Selle mon cheval, la gueuse ! Je m'en vais guerroyer chez Drouant. Les bigleux de l'académie Goncourt vont voir de quel bois je me chauffe ! Ils ont intérêt à me donner leur prix, sinon je les livre à mes faucons du Puy-du-Fou !

Jade : Le prix Goncourt récompense les romans, pas les essais.

Villiers : Tu as raison, fille de radio ! Tu n'es pas si sotte que je le pensais...

Jade : Dites donc !

Villiers : Mon livre n'est que pure vérité... La France n'est plus la France. Et le *young global leader* qu'est le petit Macron est en train de la livrer à la mondialisation américano-islamique. Nos bonnes potées et nos bœufs bourguignons seront bientôt remplacés dans nos assiettes par des hamburgers numériques et des couscous barbus ! Sonne l'olifant, la gueuse ! Il est temps de réagir !

POOOIIIIIIN !

Jade : Arrêtez avec cet olifant, ça fait mal aux oreilles... Revenons plutôt à votre livre où vous dévoilez des conversations privées lors d'un dîner avec Emmanuel Macron. Ce n'est pas très élégant...

Villiers : Remballe tes pudeurs de gazelle ! Quand la civilisation vacille, il n'y a point d'intimité qui tienne... Et encore je n'ai pas tout dit. J'en ai gardé pour mon prochain livre qui s'appellera *Le Jour d'après du jour d'après* !

Jade : Ne nous faites pas languir... Dites-nous.

Villiers : Ha, ha ! Je vois que tu salives, la gueuse... Tu me fais ton sourire enjôleur d'aguicheuse du micro pour que je crache le morceau... Soit ! Je vais te le dire mais accroche-toi à ton siège, fille de radio, car je vais faire trembler les murs de ton studio !

Jade : Nous sommes prêts…

Villiers : Lors de ce fameux dîner avec Emmanuel, à l'apéro, il m'a servi des apéricubes au bleu !

Jade : Oui et alors ?

Villiers : Et alors ?! Tout le monde sait bien que les apéricubes au bleu sont ceux que personne ne veut ! Avec Brigitte, ils avaient dû boulotter les apéricubes goût tomate et jambon, ne me laissant que les restes ! Il m'a pris pour un gueux ! Haro sur Macron ! Haro sur les Bleus !

Jean-Luc Mélenchon

EN PLEINE FORME !

Jade : Jean-Luc Mélenchon de plus en plus offensif avec...

Mélenchon : Mais qu'est-ce tu veux, p'tite tête de journaliste à la solde du grand capital luxembourgeois ?!

Jade : Bonjour monsieur Mélenchon...

Mélenchon : « Bonjour monsieur Mélenchon... » C'est quoi ton problème ? Hein, c'est quoi ? Tu veux qu'on se batte ?

Jade : Non, pas du tout... Je voulais juste dire que...

Mélenchon : Et allez ! Vas-y ! Vomis ta haine du peuple sur moi... PARCE QUE LE PEUPLE, C'EST MOI ! T'as compris ou faut que j'parle plus fort ?

Jade : Non, surtout pas... Je voulais revenir sur vos mots très durs contre le parti socialiste...

Mélenchon : Qu'est-ce que tu vas inventer encore ? J'ai jamais dit du mal de mes camarades socialistes, ces abrutis !

Jade : Vous avez dit qu'ils n'existaient plus, ce n'est pas très sympathique...

Mélenchon : « C'est pas très sympathique... » Tu te crois où ? Au pays des Bisounours ?

Jade : Quant aux écologistes, vous avez dit qu'ils avaient un avenir aussi longtemps qu'on ne les voyait pas à l'œuvre...

Mélenchon : Et alors ? J'vais les bouffer en 2022, les Verts. Ça me fera des légumes !

Jade : Vous vous en êtes aussi pris au président de l'Assemblée nationale, Richard Ferrand, en lui disant : « T'es président de rien du tout, garde tes remarques pour toi ! » Vous êtes quand même très énervé...

Mélenchon : J'suis pas énervé, j'suis en forme ! Depuis que j'me suis fait vacciner, j'ai une pêche d'enfer ! Allez, lance-moi François Lenglet, J'VAIS L'DÉCHIQUETER !

Ruffin : Bonjour madame...

Jade : Ah ! Bonjour François Ruffin...

Ruffin : C'est moi qui ai fait la piqûre à m'sieur Mélenchon... J'ai acheté la dose pendant notre voyage en Amérique du Sud, au bar Cachaça...

Mélenchon : À tous les coups, il m'a injecté d'la téquila, ce neuneu !

Ruffin : Faut pas vous fâcher, monsieur Mélenchon. Je reviens de l'Institut Pasteur, j'vous ai pris un vaccin contre la rage... Oh ! regardez, madame Jade, il remue la queue, il a l'air content...

Mélenchon : Mais qu'il est con !

Gérard Depardieu

LA RÉOUVERTURE, BON DIEU !

Jade : Les terrasses sont rouvertes depuis ce matin, 19 mai. Découvrons comment ça se passe sur le terrain en direct d'un café parisien avec notre envoyé spécial Gérard Depardieu.

Depardieu : Bonjour madame, donnez-moi un verre de brouilly, j'ai soif !

La serveuse : Ah ! désolée, je n'ai pas de brouilly, mais j'ai un très bon petit vin des Cévennes en biodynamie…

Depardieu : En biodynamie ? Mais tu veux me tuer ou quoi ? Fumière !

La serveuse : Non, rassurez-vous, c'est un petit producteur qui travaille très bien.

Depardieu : Oui oui, c'est ça, un petit producteur qui travaille très bien… J'imagine qu'il a tout plaqué pour reprendre les vignes de son grand-père ?

La serveuse : Ben oui, comment vous savez ?

Depardieu : Je connais la chanson ! Bon allez, donne-moi un côtes-du-rhône, et dépêche-toi, j'ai le gosier tout sec !

La serveuse : Non alors, côtes-du-rhône j'ai pas, mais on peut partir sur un petit vin de l'Hérault, 100 % bio et sans sulfites.

Depardieu : Oui ben, à ce compte-là, donne-moi un verre vide et je pisserai dedans, ça donnera le même résultat et ça me coûtera moins cher !

La serveuse : J'ai du mal à comprendre ce que vous voulez, monsieur…

Depardieu : Je veux un vin AVEC des sulfites. Parce que si je voulais un truc qui fait des bulles, je prendrais un Perrier, pas un verre de vin. Et si je voulais un truc qui sent la chèvre, j'irais plutôt chez le fromager !

La serveuse : Alors avec sulfites, j'ai pas, on est en 2021, monsieur. Par contre on pourrait peut-être partir sur…

Depardieu : La ferme ! Je vais partir sur rien du tout, je vais partir tout court. En fait, Paris, c'était mieux quand les terrasses étaient fermées, nom de Dieu !

Patrick Bruel/Francis Cabrel/Dave

CONCERT-TEST

Jade : C'est bien le 29 mai, avec le groupe Indochine, que se tiendra le concert-test à Bercy. Objectif : préparer une reprise pérenne des concerts debout pour la rentrée.

Bruel : Aaaaaargh !
Jade : Bonjour Patrick Bruel…
Bruel : Non mais attends… J'peux l'faire, moi, le concert-test !
Jade : Certes, mais c'est Indochine qui a été choisi.
Bruel : J'peux t'le faire, moi, Indochine… Tu me colles un rat sur l'épaule, des docks et un pantacourt noir et j'te l'fais… En plus, j'connais les paroles, c'est une de mes copines masseuses qui me les a apprises…
♫ J'ai pas envie de le voir nu
J'ai pas envie de le voir nu
Et on se prend la main ♫
Jade : N'insistez pas, Patrick, c'est Nicola Sirkis et son groupe qui feront ce concert à destination de la jeunesse.
Bruel : En tant-qu'en tant-qu'en tant-qu'en tant-qu'en tant qu'idole des jeunes, j'peux te dire que Sirkis, c'est un très mauvais choix. Avec sa nouvelle coupe de cheveux, il ressemble à Sophie Davant… Tu vas pas me faire croire que les jeunes, ils regardent *Affaire conclue* l'après-midi sur France 2, entre deux pubs pour le Polident et les conventions obsèques !
Jade : Bonjour Francis Cabrel…
Cabrel : Bonjour à toi, fille des Charentes et des cours d'eau qui ruissellent sur les rochers tapissés de mousse verte comme les grenouilles qui coassent aux premiers rayons du soleil doré.
Jade : Vous êtes un poète, Francis… Le concert-test d'Indochine à Bercy vous intéresse ?
Cabrel : Chez moi, à Astaffort, j'ai déjà organisé un concert-test…
Jade : Ah bon ? Et c'était dans quelle salle ?
Cabrel : Ça s'est passé dans…
♫ Ma cabane au fond du jardin
Où j'y vais quand j'ai besoin
C'est un charmant petit trou
Tout entouré de cailloux ♫
Jade : Oui, oui, on connaît l'endroit…
Cabrel : Pour faire un test sanitaire, rien de mieux que les waters !

Jade : C'est pas faux... Et du coup, les spectateurs devaient être munis d'un pass sanitaire ?

Cabrel : Oui, ils devaient venir avec leur papier. C'était la seule façon de rentrer.

Jade : Leurs papiers, c'est-à-dire leur test PCR ou leur fiche de vaccination ?

Cabrel : Non, leur papier toilette parce que dans...

♫ Ma cabane au fond du jardin
Pour t'essuyer le derrière
Pas besoin de tests PCR
Antigénique ni même de vaccin
Une feuille de papier c'est bien
Et si t'as pas, tu prends *Télérama* ♫

Dave : Bonzour les zamis... C'est Dave, le zanteur qui aime l'edam mais pas les dames...

Jade : Bonjour Dave. Vous aussi, vous venez nous parler du concert-test d'Indochine ?

Dave : Eguzeptzionnel le conzert-test... Mais puisqu'il faut être vaczinné, ils auraient dû prendre Dave et tous ses zamis, les vieux zanteurs : Marcel Amont, Hervé Vilard et Marie-Paule Belle... Eguzeptzionnelle, Marie-Paule Belle qui n'aime pas l'édam mais qui aime les dames...

Jade : Et vous auriez fait ça à Bercy également ?

Dave : Non, on aurait fait za aux Hespérides... Après les Enfoirés, place aux Vaczinnés !

Jade : Oui, mais justement, l'idée est de voir avec une population pas forcément vaccinée si un tel concert entraîne des contaminations ou pas.

Dave : Comme za, y aura plus de morts après un conzert d'Indochine qu'après la guerre d'Indochine... Alors à Nicola Sirkis, je lui souhaite une bonne fin de carrière !

FLASH INFO

UN COMMUNIQUÉ DU **MINISTÈRE DE LA SANTÉ**

MESURES À SUIVRE POUR LA RÉOUVERTURE DES TERRASSES

Olivier Véran : Dès ce mercredi, vous pourrez de nouveau fréquenter les terrasses mais – car il y a un mais –, la distanciation sociale reste de mise. Si, par exemple, vous allez boire un verre avec un ami, vous devrez être séparés d'au moins 10 mètres.

- Il est formellement interdit de parler car – et les épidémiologistes sont formels sur ce sujet – c'est en parlant qu'on projette des gouttelettes contagieuses.
- Vous aurez le droit de vous ennuyer mais – car il y a un mais –, il est formellement interdit de bâiller car – le conseil scientifique est formel à ce sujet – c'est en bâillant qu'on infecte le plus son entourage.
- On pourra boire un verre mais – car il y a un mais –, il est fortement conseillé de ne pas boire d'alcool car – l'Organisation mondiale de la santé est formelle à ce sujet – l'alcool provoque des maladies cardio-vasculaires et des cirrhoses.
- Le mieux sera de boire un verre d'eau mais – car il y a un mais –, je vous encourage à boire de l'eau du robinet car – le groupe d'experts intergouvernemental sur l'évolution du climat est formel à ce sujet – les bouteilles sont en plastique, le plastique pollue, la pollution va détruire la planète et nous allons tous mourir… Sur ce, je vous souhaite de passer un agréable moment en terrasse. Ne me remerciez pas, tout le plaisir était pour moi.

Jean Lassalle

ÇA BALANCE PAS MAL, À LA CHAMBRE

Jade : Bonjour Jean Lassalle…

Lassalle : Chère mademoiselle Jade, honorable monsieur Calvi, mes chers compatriotes de France et d'Outre-mer : bonjour.

Jade : La semaine dernière à l'Assemblée nationale, vous avez plaidé la cause des boîtes de nuit, qui restent fermées pour raisons sanitaires, au contraire des clubs échangistes.

Lassalle : Eh bé ! C'est la réalité !

Jade : Certes, mais vous avez ajouté : « (…) clubs échangistes où certains députés et ministres ont leurs habitudes… »

Lassalle : Je l'ai dit, et je l'assume. Et ce n'est pas un scoop. Tout le monde sait très bien que les hommes de pouvoir sont des cochons.

GROUICK ! GROUICK ! GROUICK !

Lassalle : Ta gueule, Jean-Pierre ! Je ne parle pas de toi ! J'explique juste aux auditeurs que leurs députés bandent comme des ânes.

HI HAN ! HI HAN !

Lassalle : Ooooh ! mais ta gueule toi aussi ! C'est pas possible ! Mes animaux deviennent aussi susceptibles que des étudiants en études de genre à Nanterre !

Jade : Revenons aux clubs libertins… Vous avez des preuves de ce que vous avancez ?

Lassalle : Je ne vais pas dénoncer mes collègues, mais je peux vous dire que la dernière fois que je suis allé au Chamois coquin…

Jade : Le Chamois coquin…

Lassalle : Oui, c'est un club libertin des Pyrénées où j'ai mes habitudes, entre le col de l'Aubisque et le col de l'Utérus. Eh bien la dernière fois que j'y ai mis les pieds, et pas que les pieds d'ailleurs, il y avait du beau monde !

Jade : Allez, donnez-nous un nom…

Lassalle : Je ne vous dirai pas son nom, mais je peux vous dire que j'ai vu un ancien ministre très connu dans le Béarn boire un mojito tout nu dans le jacuzzi avec la sous-préfète.

Jade : Un ancien ministre très connu dans le Béarn…

Lassalle : Celui avec des grandes oreilles et une grosse tête toute rouge… Et il n'y a pas que sa tête qui est rouge, boudugland !

François Lenglet

3 POUR PRÉPARER LA RÉOUVERTURE...

Jade : Trop longtemps attendue, la réouverture des salles de cinéma va enfin avoir lieu. Bonjour François Lenglet. C'est une véritable bouffée d'oxygène pour un secteur économique qui en avait bien besoin, n'est-ce pas ?

Lenglet : Bonjour à tous. C'est vrai que le secteur économique du cinéma a beaucoup souffert : les exploitants de salles, bien sûr, mais aussi les déchireurs de tickets, les ouvreuses payées au pourboire, les fabricants de pop-corn, les bonbons La Pie Qui Chante, sans oublier les tripoteurs dans le noir qui ont été mis au chômage technique sans aucune aide de l'État.

Jade : C'est vrai que ça fait beaucoup de monde. On a une idée de l'impact économique sur l'industrie du cinéma ?

Lenglet : C'est difficile à dire car ça dépend des films. Prenons par exemple un film français difficile mais nécessaire d'Arnaud Desplechin avec Pierre Niney qui fait normalement 270 entrées en salle : avec la fermeture des cinémas, il en a fait zéro donc c'est une perte sèche de 270 spectateurs. En revanche, prenons un film de la Warner, tourné par George Lucas avec Tom Cruise et Nicole Kidman : au lieu de 3 milliards de spectateurs, il n'en fera que 800 millions sur Netflix, c'est une perte colossale de 2,2 milliards de spectateurs. Mais rassurez-vous, en France, c'est l'État qui va acheter les places non vendues du film difficile mais nécessaire.

Jade : Vous pensez que ces mesures de soutien par les finances publiques sont utiles à la création cinématographique, François Lenglet ?

Lenglet : Il faut regarder ce qui marche chez nos voisins. Prenons la Mollardie, un petit État autoritaire des Balkans. Chaque année, le roi Glaviot Premier organise la cérémonie des Crachats, au cours de laquelle les cinéastes défilent devant le public et les spectateurs sont autorisés à conspuer les mauvais cinéastes, qui sont ensuite envoyés dans les usines de fabrication de mouchoirs où ils travaillent pour rendre l'argent.

Jade : Et vous trouvez que c'est un bon système ?

Lenglet : Disons que c'est ce qu'on appelle en économie un

game changer qui pourrait nous inspirer. Prenons le CNC : au lieu de donner des subventions à des films que personne ne veut voir, le CNC pourrait rembourser les spectateurs qui se sont emmerdés.
Jade : Merci François pour ces pistes de réflexion.
Lenglet : On pourrait même imaginer, pourquoi pas, un remboursement supplémentaire pour les films de François Ozon où ça chante.
Jade : Merci, merci, François Lenglet…

MACRON DES SOURCES DÉCONFINÉ

Jade : Dans notre belle Provence aussi, on se prépare au déconfinement et à une reprise progressive de la vie culturelle. Retrouvons la garrigue éternelle de Pagnol et le vallon des Darmanin grâce à notre saga provençale *Macron des Sources*, avec Daniel Auteuil et Yves Montand.

Ugolin : Papet, Papet ! Ça y est, tu as vu, les terrasses vont réouvrir au Café des Tilleuls !
Papet : Les terrasses tu as dit ? Ah ! mais tu veux que je te dise, qui c'est qui va y aller en terrasse ? C'est les citadins ! Depuis que notre maire écologiste, le bossu, il a ouvert ses éco-gites au hameau des Pompili, les touristes débarquent chez nous comme les mouches dans les toilettes sèches que le bossu il a fait installer sur la place Frédéric-Mistral.
Ugolin : Mais, Papet, tu n'es pas au courant ? La place Frédéric-Mistral, le bossu il l'a rebaptisée « Esplanade Greta-Thunberg ».
Papet : Hé, hé ! Eh ben, moi, je continuerai à l'appeler Frédéric-Mistral si ça me chante, notre place. Mais les touristes, Ugolin, laisse-les donc se contaminer entre eux à boire du rosé bio en terrasse, nous on continuera à jouer à la belote clandestine chez Pierre-Antonin Chalençon, le cousin de l'inverti exubérant parisien. Avé Pique-Bouffigue, le percepteur d'Aubagne, on est couverts.
Ugolin : Quand même, Papet, grâce au déconfinement, on va retourner voir du spectacle vivant !
Papet : Du spectacle subventionné, tu veux dire ? Tu as vu

le programme que le bossu il nous a concocté avé son adjoint à la Culture, l'Anselme Lang ? Ça se voit qu'il est abonné à *Télérama*, celui-là : des lascars en survêtement qui tournent sur la tête, des acteurs qui traînent les pieds, des slameuses en sarouel… Même avec 70 % de spectateurs en moinsse, ils s'en sortent quand même, ils ont l'habitude de jouer tout seuls, avé l'argent du contribuable pardi !

Ugolin : Mais alors, Papet, tu regrettes le temps du confinement ?

Papet : Tu m'as pas compris, Galinette : je dis pas qu'il faut qu'on soit encore tous malades, mais il faut quand même les empêcher de nuire, à la mairie. Tiens, tu vas aller voir le bossu et après tu vas dire que tu es positif, comme ça, il sera cas contact et il pourra plus sortir de chez lui. Et dans 7 jours, c'est moi qui irai. Et ainsi de suite… on va lui faire passer l'été à l'ombre, à ce fada.

Ugolin : Mais Macron, il a dit que la crise était finie grâce à lui, et qu'on pouvait tous sortir de chez nous et moi, je l'aime Macron, je l'aime comme c'est pas permis, je t'aime Macron, je t'aime !

LE CAHIER DE JEUX DE MANU

La grille de Manu

Mots cachés

Le jeu des macronneries

Le labyrinthe des vaccinations

Le double code

Cherchez la macronnerie

LA GRILLE DE MANU

Retrouvez le vocabulaire du chef de l'État.
Solutions en page 190

Verticalement
1. Mon surnom
2. Futur ex-premier ministre
3. Couleur pénible quand elle est portée
4. Je n'y ai pas droit
5. Chez moi
6. En même...
7. Maîtresse femme
8. Vilaine
9. Priorité
10. Nouveau savon

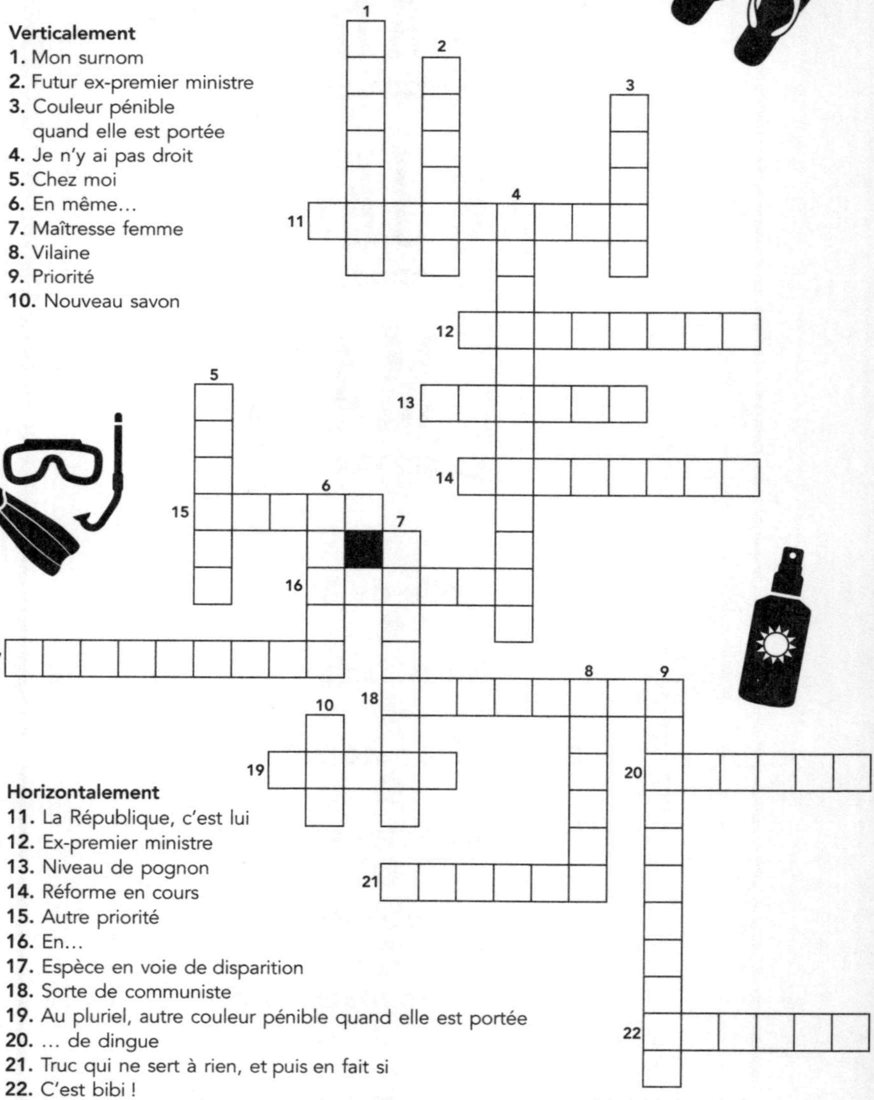

Horizontalement
11. La République, c'est lui
12. Ex-premier ministre
13. Niveau de pognon
14. Réforme en cours
15. Autre priorité
16. En...
17. Espèce en voie de disparition
18. Sorte de communiste
19. Au pluriel, autre couleur pénible quand elle est portée
20. ... de dingue
21. Truc qui ne sert à rien, et puis en fait si
22. C'est bibi !

MOTS CACHÉS

21 noms propres (plus ou moins) ou noms communs (pas vraiment) sont cachés dans cette grille. À vous de les découvrir…

Solutions en page 190

J	A	D	O	T	J	M	R	P	Z	E	A	S	X	R
H	A	N	W	A	A	A	É	L	A	Y	O	R	R	E
B	I	R	B	C	M	C	P	J	G	C	X	P	M	U
D	N	D	R	R	R	Y	U	W	I	F	E	T	H	Q
S	P	O	A	E	I	S	B	A	J	A	T	E	O	N
A	N	Q	S	L	T	G	L	W	Z	U	S	S	L	A
R	B	S	N	R	G	I	I	V	D	R	A	R	L	L
K	E	E	E	O	S	O	C	T	A	E	C	U	A	B
O	Y	V	F	T	H	X	A	D	T	Q	A	E	N	A
Z	L	C	E	W	F	C	I	B	V	E	W	H	D	O
Y	B	S	E	T	S	I	N	U	M	M	O	C	E	X
E	N	I	R	A	M	V	S	E	H	D	C	R	F	P
D	A	R	M	A	N	I	N	Z	L	N	K	A	Z	M
D	N	A	R	T	R	E	B	N	E	É	O	M	L	T
M	Y	M	P	H	I	L	I	P	P	E	M	I	P	Z

LE JEU DES MACRONNERIES

Complétez les (authentiques) phrases suivantes en remplaçant les points de suspension par le mot manquant.
Solutions en page 190

1. « Ce que vous proposez, c'est de la ...

A. Poudre aux yeux
B. Poudre de canon
C. Poudre de perlimpinpin

(Débat de l'entre-deux-tours face à Marine Le Pen, 3 mai 2017.)

2. « Il ne faut pas dire ... aux Français concernant la baisse des dotations des collectivités. »

A. N'importe quoi
B. Des mensonges
C. Des carabistouilles

(TF1, 12 avril 2018.)

3. « Marine Le Pen est avec le système comme ... sur l'hippopotame. »

A. Le pique-bœuf
B. La boue
C. L'aigrette

(La Provence, 5 mai 2017.)

4. « Il faudrait qu'on aille se perdre dans ... des primaires du parti socialiste. »

A. Les méandres
B. Les chicayas
C. Les arcanes

(RMC, 16 décembre 2016.)

5. « J'ai un projet sérieux, qui n'est pas du ... »

A. Saut de cabri
B. Saut de puce
C. Saut de grenouille

(Débat de l'entre-deux-tours face à Marine Le Pen, 3 mai 2017.)

6. « Vous avez raison de me rappeler que j'ai passé ... et que je suis sur une pente descendante de mon quinquennat. »

A. La quarantaine
B. Le plus dur
C. L'hémistiche

(TF1, 14 juillet 2020.)

7. « Une gare, c'est un lieu où on croise des gens qui réussissent et des gens qui ... »

A. Sont pressés
B. Ont raté la correspondance
C. Ne sont rien

(Inauguration de Station F, 29 juin 2017.)

8. « Souvent, au premier à-coup, on ..., on décide de faire un tournant, un virage ou autre, je ne l'ai pas fait. »

A. On tourne casaque
B. On tourne bride
C. On rebrousse chemin

(TF1, 14 juillet 2020.)

9. « Je suis attaché comme vous à la cohésion et aux services publics. Votre question a une ... très précise. »

A. *Majore ad minus*
B. *Brevitatis causa*
C. *Captatio benevolentiae*

(BFM TV, 15 avril 2018.)

10. « Vous n'allez pas me faire peur avec ... »

A. Vos gros bras
B. Votre T-shirt
C. Votre pit-bull

(BFM TV, 27 août 2016.)

LE LABYRINTHE DES VACCINATIONS

Aidez ces électeurs moyens à se faire vacciner... sans tomber dans la case Covid.

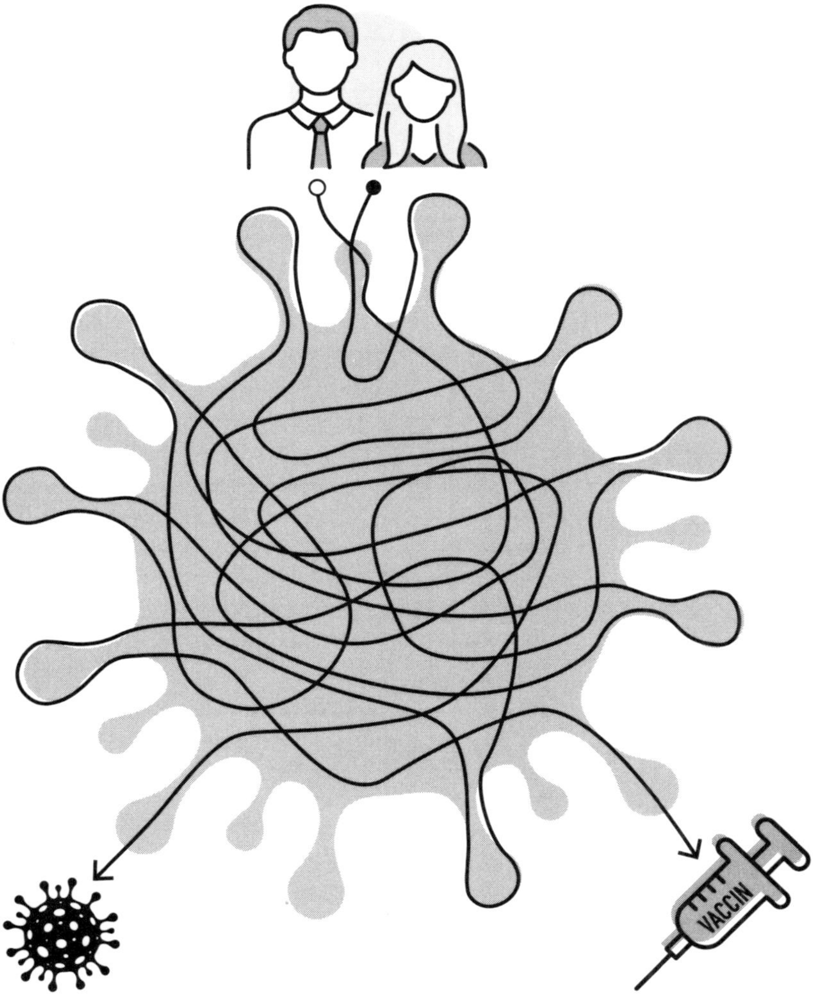

LE DOUBLE CODE

Résolvez les anagrammes à l'aide des définitions associées, puis placez dans le bon ordre les lettres entourées pour découvrir mon remède magique.

1. UARLQBNE		○									
2. TACIAOVNINC						○					
3. LAITCM				○							
4. AROTUL	○										
5. RNVÉA					○						
6. HGAILOD		○									
7. UTAUQQNNNIE			○				○				
8. IOASURROVCN								○			
9. NRDTBARE											

P						P			P		

1. Ministre au crâne en peau de genou
2. Exemple d'organisation à la française
3. Ma priorité
4. Penseur phocéen
5. Variant français
6. Édile pénible
7. Durée à renouveler, vous serez gentils, merci
8. Mon adversaire du moment
9. Rival du Nord

CHERCHEZ LA MACRONNERIE

Retrouvez la « petite phrase » d'Emmanuel Macron.

❶ Remettez dans l'ordre les lettres ci-dessous pour reconstituer une déclaration du président à Hénin-Beaumont.

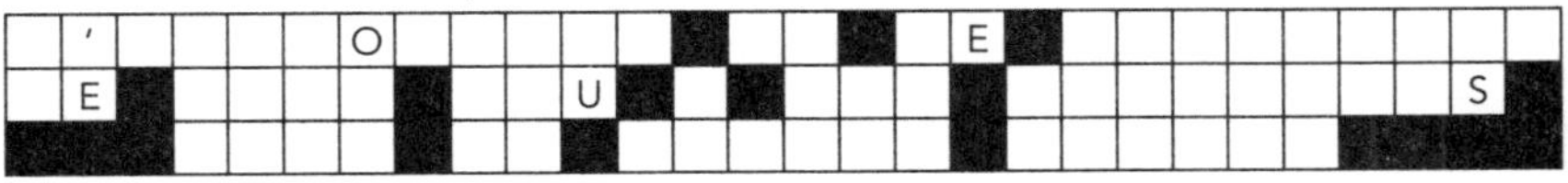

S C O   L E   S L   T A I A R
S   D O N S   P E   B A E P I N   I N S B E G I É
L   A L A N T L I S M E À S T E U   M I N T A L L S M E

❷ Remettez dans l'ordre les lettres ci-dessous pour reconstituer une déclaration ferroviaire du président.

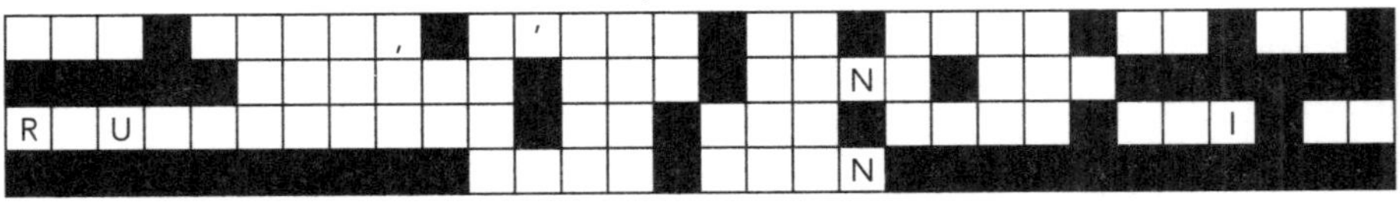

S   N S   G S
I R O   E   E E   U N   G   E U
N   S A R S E S C   L T T L I E   L E Q S   O Ù   N
U É E S G C S E I N T O E T S R E E   S I N U I Q U   O N E

❸ Remettez dans l'ordre les lettres ci-dessous pour reconstituer une déclaration du président sur les inégalités.

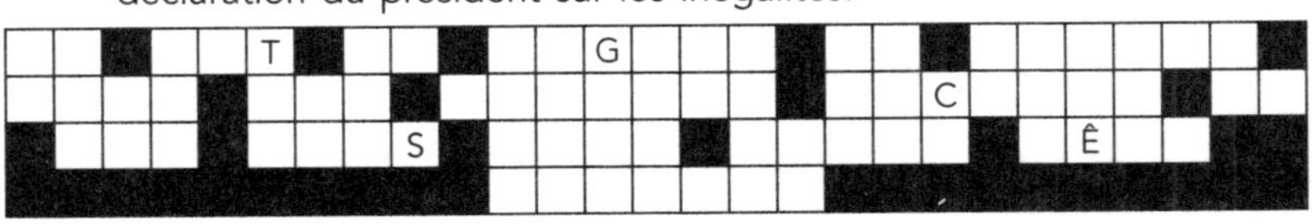

S N   N   E
L   M   N   I O N M R Q   D N   M   X
O N E S   G E S   P O U V O N U S O   D A U G U E
D A N S E L E U N M P A I T A S S A E D I I N M E E T

LES SOLUTIONS

LA GRILLE DE MANU

1 : JUPITER
2 : CASTEX
3 : JAUNE
4 : COCHONNERIES
5 : ÉLYSÉE
6 : TEMPS
7 : BRIGITTE
8 : MARINE
9 : SÉPARATISME
10 : GEL
11 : MÉLENCHON
12 : PHILIPPE
13 : DINGUE
14 : RETRAITE
15 : SANTÉ
16 : MARCHE
17 : ÉLECTEURS
18 : INSOUMIS
19 : VERTS
20 : POGNON
21 : MASQUE
22 : MACRON

MOTS CACHÉS

BERTRAND	MÉLENCHON
CASTEX	ROYAL
FAURE	SOCIALISTES
JADOT	BRIGITTE
MARINE	DARMANIN
PÉCRESSE	HOLLANDE
SARKOZY	MARCHEURS
BLANQUER	PHILIPPE
COMMUNISTES	RÉPUBLICAINS
HIDALGO	VERTS
MACRON	

LE JEU DES MACRONNERIES

1/C, 2/C, 3/A, 4/B, 5/A, 6/C, 7/C, 8/A, 9/C, 10/B.

LE LABYRINTHE DES VACCINATIONS

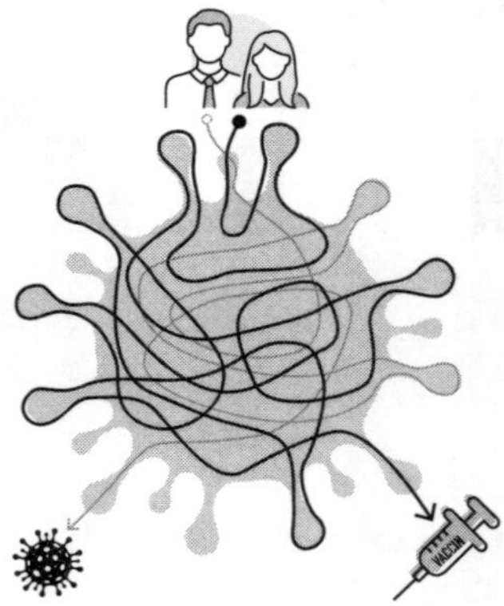

LE DOUBLE CODE

1. BLANQUER
2. VACCINATION
3. CLIMAT
4. RAOULT
5. VÉRAN
6. HIDALGO
7. QUINQUENNAT
8. CORONAVIRUS
9. BERTRAND

Remède magique : PERLIMPINPIN

CHERCHEZ LA MACRONNERIE

1. L'alcoolisme et le tabagisme se sont peu à peu installés dans le bassin minier.
2. Une gare, c'est un lieu où on croise les gens qui réussissent et les gens qui ne sont rien.
3. On met un pognon de dingue dans les minimas sociaux et les gens sont quand même pauvres.

MIXTE
Papier issu de
sources responsables
FSC® C003309

L'éditeur de cet ouvrage s'engage dans une démarche
de certification FSC® qui contribue à la préservation
des forêts pour les générations futures.

Pour en savoir plus :
www.editis.com/engagement-rse/

Achevé d'imprimer en juin 2021
par Normandie Roto Impression s.a.s. à Lonrai
N° d'impression : 2102579

Imprimé en France